AF210942

Fire and Night

Zoe Violett

Pia

Autorin

Unter dem bezaubernden Pseudonym Zoe Violett entführt die Autorin Leserinnen und Leser in die faszinierenden Welten ihrer Geschichten. Geboren und aufgewachsen im Herzen der grünen deutschen Landschaft, hat sie seit frühester Kindheit eine Leidenschaft für Literatur entwickelt. Zwischen den Seiten von Büchern und der Welt von Zahlen und Buchstaben balanciert sie seit ihrem Wirtschaftsstudium. Wobei sie feststellt, dass die Rationalität der einen keineswegs die Fantasie der anderen ausschließt.

In ihren Büchern verschmelzen Realität und Fantasie auf einzigartige Weise. Sie sind gespickt mit Sinnlichkeit, die Zoe als prickelnde Spielwiese der Worte betrachtet. Diese bietet den Lesern einen willkommenen Ausgleich. Mit jeder Seite entführt sie ihre Leserschaft in ein Abenteuer, in denen Träume Wirklichkeit werden und Grenzen zwischen Fiktion und Realität verschwimmen. Zoe Violett ist nicht nur eine Autorin, sondern eine Geschichtenerzählerin, die es versteht, Emotionen in ihren Lesern zu wecken und sie auf eine unvergessliche Reise zu entführen.

Wer mehr erfahren möchte, besucht die Autorin und entdeckt so ihre Welt.

www.heikegehlhaar.de - Instagram und TikTok @zoe-violett-autorin

Triggerwarnung: Dieses Buch enthält Textpassagen, die für Personen unter 18 Jahren nicht geeignet sind.

Jegliche Ähnlichkeiten mit realen Personen sind rein zufällig und von der Autorin nicht beabsichtigt.

Lieblingszitate:

Pia:
»Sag mal, was hast du dir dabei gedacht?«
Erwin:
Erwin hob die Hände. »Ehrlich Pia, ich weiß, was du meinst. Aber ich dachte ...«, er stöhnte. »Verdammt, ich finde einfach keinen, den ich auf den schrägen Typen loslassen kann. Das ist schon im Herbst in die Hose gegangen.«

Maik:
»Beurteilst du jeden nach dem ersten Eindruck oder der Wolle, in der er steckt? Vielleicht solltest du einen Blick darunter wagen.«
Pia:
»Und zu den Nerds zählst du dich nicht?«
Maik:
»Kleines, wenn du artig bist, verschaffe ich dir vielleicht die Gelegenheit, das herauszufinden.«

Pia:
Sie wimmerte kaum hörbar: »Maik, wer bist du?«
Maik:
»Ich bin der Mann, der mit dir heute Nacht über Grenzen gehen wird.«

Zoe Violett c/o COCENTER Koppoldstr. 1 86551 Aichach
ISBN Softcover: 978-3-759-72371-0
Die automatisierte Analyse des Werkes, um daraus Informationen insbesondere über Muster, Trends und Korrelationen gemäß §44b UrhG („Text und Data Mining") zu gewinnen, ist untersagt.

© **Cover-und Umschlaggestaltung: Coverdesign und Umschlaggestaltung: Florin Sayer-Gabor - www.100covers4you.com Unter Verwendung von Grafiken von Adobe Stock: Hanna Aibetova**

Herstellung und Verlag: BoD – Books on Demand, Norderstedt.

Bibliografische Informationen der Deutschen Nationalbibliothek:
Die Deutsche Nationalbibliothek verzeichnet diese Publikation in der Deutschen Nationalbibliografie; detaillierte bibliografische Daten sind im Internet über http://dnb.d-nb.de abrufbar.

Kapitel 1

Montagmorgen, ein neuer Tag bedeutet neues Glück, dachte Pia und schlurfte zum Briefschlitz.

Abwesend warf sie die Post auf den Schrank. Die Sonne schien störend auf den Tisch. Unfähig, ihre Lider oben zu halten, schob sie ihren Körper auf die Sitzbank.

Sie vergötterte ihre Altstadtwohnung am Rande der Stadt. Von jedem Fenster aus konnte sie die alten Kastanien der Allee betrachten. Wie lange sie gestern vor dem Laptop gesessen hatte, wusste sie nicht.

»Verdammtes Skript!«

Sie gähnte herzhaft.

»Pia, kannst du nicht heiraten oder wenigstens einer vernünftigen Beschäftigung nachgehen?«

Seitdem sie sich entschied, Romane nicht nur zu schreiben, sondern auch zu veröffentlichen, hörte sie diesen Satz beinahe täglich. An einem Morgen wie heute war sie fast bereit, ihrer Mutter beizupflichten.

Das Gefühl entsprach nicht den Tatsachen. Trotz der

großen Konkurrenz war es ihr schnell gelungen, Fuß zu fassen. Dass sich ihre Mutter nur schwer mit ihrem Erfolg anfreunden konnte, lag an den Abenteuern ihrer Helden.

Bereits ihr erster Roman über die zügellose Leidenschaft einer Brüsseler Bankerin hatte für Aufsehen gesorgt.

Ohne Pseudonym hätte sie mich damals sofort enterbt, dachte sie stöhnend.

Auf die Bestsellerliste hatte es ihr sinnliches Werk zwar nicht geschafft. »Aber schließlich gibt es zwischen Mülltonne und Bestseller-Regal noch einiges mehr«, hatte sie während einer Lesung erklärt.

Auf den Mund war Pia jedoch nicht gefallen. Gewöhnlich sprach sie, bevor sie dachte. Ähnlich handelten ihre Figuren.

»Heiraten«, murmelte sie und musste lachen.

Der arme Mann. Mit wie vielen imaginären Liebhabern, die ihr hyperaktives Hirn bisher hervorgebracht hatte, würde er konkurrieren müssen? Die aus Fleisch und Blut nicht mitgezählt.

»Dreiunddreißig Jahre alt, eins achtundsechzig groß, üppig gebaut, perfekt, nicht mollig«, wurde sie von Lisa beschrieben, als sie vor zwei Monaten den Text für eine Heiratsanzeige formulierten.

»Ist das alles?«, fragte sie ihr Spiegelbild.

Pia war aufgestanden, vor den raumhohen Spiegel im Flur getreten und betrachtete mit ihren braunen Augen die Frau gegenüber. Sie strich ihr die schwarzen langen Haarsträhnen zurück und ließ einen zufriedenen Blick über Beine und Po wandern.

Endlich rang sie sich dazu durch, die Post zu ordnen. Neben allerlei Werbung stach ihr das üppige Emblem ihres Agenten ins Auge. Das dunkelgrüne ‚E‘, gepaart mit einer Gitarre, erzählte von der aufregenden Geschichte seiner Agentur.

Erwin Nietzsche hatte Pia von Beginn an fasziniert. Seit sie unter seine Fittiche geschlüpft war, hatte sich für sie einiges geändert.

Seine Methoden unterschieden sich von anderen Agenten, die erfolgreich ihre Autoren vertraten. Er verstand es Nischen zu bedienen, war flexibel, dachte dabei um die Ecke und scheute kein Risiko, was seine Erfolge bestätigten.

Die Stände, mit denen er seine Schäfchen auf Messen präsentierte, gehörten zu seinen Strategien. Stets verpflichtete er zwei seiner Autoren, unabhängig ihrer Genres mit deren Betreuung. Je unterschiedlicher die Erzähler, desto besser für die Geschäfte.

Ist nicht jeder Autor ein Kronprinz seiner Fantasie?, hatte Pia kopfschüttelnd gedacht, als sie damals ihren Vertrag las.

Da lag es keinesfalls nahe, zwei von diesen Grazien zusammenzubringen und sie im besten Falle gemeinsam um die Gunst der Leser für das Werk des anderen buhlen zu lassen.

»Der Ansatz ist gewagt!«

In Anbetracht seiner positiven Bilanz war er jedoch derart originell, dass darauf vielleicht nicht jeder kam. Clever, wenn sich die Themen nicht berührten. Davon hatte sie sich überzeugen lassen. Man konnte durchaus von seinem Sparringspartner profitieren.

Wie in der letzten Mail angekündigt, hatte er ihr die Messepapiere zugeschickt.

»Wo ist das Buch?«

Mit dem musste sie sich in den nächsten Wochen befassen.

Bei dem Gedanken, dass der für sie ausgesuchte Kompagnon jetzt ihr neuestes Werk aus dem Karton nahm, zeigte sich auf Pias Gesicht ein anzügliches Grinsen.

Kapitel 2

»Das ist nicht sein Ernst!«

Mit einem ungläubigen Blick hielt sie den zweiten Roman des Fantasy Autors Maik Wimmer, mit dem unschlagbaren Titel: *„Das Jade-Erbe von Bahamut"*, in den Händen.

Pia kannte ihn nicht. Schon war die Müdigkeit wie weggefegt. Sie holte den Laptop und nur Minuten später blickte sie auf das Antlitz ihres Messestandpartners.

Atemlos das Foto anstarrend knurrte sie: »Wie alt ist der?«

Fassungslosigkeit machte sich breit.

Was hat sich Erwin dabei gedacht?

Die Frage war überflüssig. Ihr Agent tat niemals Unüberlegtes im Umgang mit seinen Schützlingen.

Maik hatte struppliges schwarzes Haar, trug eine Nickelbrille und sein Gesicht wirkte so unschuldig wie das eines Abiturienten. Einzig seine Augen schien er einem arroganten, knallharten Macho gestohlen zu haben.

Irritiert klickte Pia seine Vita an.

»Studierter Informatiker …«, rief sie. »Genauso sieht der aus!«

Trotz seiner jungenhaften Ausstrahlung war er bereits einunddreißig, ledig, hatte in München Informatik studiert und vor fünf Jahren eine erfolgreiche IT-Firma gegründet.

»… und schreibt in der Freizeit Fantasygeschichten mit Tiefgang. He, Tiefgang? Wie bitte soll ich denn das verstehen?«

Sie öffnete den vermeintlichen Bestseller und begann zu lesen. Bereits nach wenigen Seiten sah sie auf und blickte stirnrunzelnd auf das Bübchen, was sie vom Laptop anlächelte. Es waren nicht nur seine Augen, die nicht zum Gesicht passten. Auch die kurzen prägnanten Sätze ließen sie grübeln.

Woran erinnert mich Maik? *Big bang theory*.

Erneut blieb ihr Blick an seinen Gesichtszügen hängen. Sie stellte sich vor, wie er in den Regalen eines Comicbuchladens kramte.

In den nächsten Tagen versuchte sie, sich dem Roman zu widmen. Schließlich erwartete man von ihr, dass sie während der Messe einen beachtlichen Beitrag für dessen Verkauf leistete.

Die Geschichte drehte sich um eine vermisste Drachenprinzessin und den Kampf um deren Rückkehr. Dabei handelte es sich nicht um irgendeinen Lindwurm, wie sie zunächst annahm. In der chinesischen Mythologie variiert die Art der Drachen.

So konnte es ein entscheidender Unterschied für die Szenerie sein, ob man sich im Reich eines Wasser- oder Feuerdrachens befand. Sie repräsentieren Gottheiten der Gewässer oder des Feuers. Äußerlich völlig gleich, jedoch ihr Charakter naturgemäß gegensätzlich.

Klar, der Feuerdrache fürchtet das Wasser, während der Wasserdrache das Feuer meidet. Pia grinste.

Die Handlung glich zunächst einem Märchen. Schnell mauserte sich das beschriebene Abenteuer zu einem blutrünstigen Thriller. Begeisterung für das Thema wollte sich trotzdem nur schwer einstellen.

Erschöpft klappte sie das Buch zu. Ihre Finger strichen über das Cover. Der abgebildete Drache war einzigartig. Ein Schlangenkörper mit zwei Stummelbeinen und aufrechtstehenden Schuppen auf der Oberseite, wogegen die Unterseite glatt war. Das leuchtende Neongrün mit den zartgelben Schatten war dem Künstler sehr gut gelungen. Feurige, kalte Augen und fletschende Zähne aus einem aufgerissenen Maul wirkten, als wollte das Untier den Buchdeckel verlassen.

»Irgendwie erinnern mich diese Augen an Maik.«

Zwei Tage vor der Messe saß sie mit Lisa auf dem Sofa. Pias Einrichtungsstil hätte man einer Mitte-Fünfzigerin zutrauen können. Sie liebte Dinge mit Charakter und dieser Anspruch galt nicht nur für die Möbel.

Dass sie die Freundin mit der Absicht, Maik Wimmers Roman zu beurteilen hergelockt hatte, nahm ihr die fünfunddreißigjährige Blondine nicht übel. Seit Jahren waren sie unzertrennlich.

Behütet im Randgebiet von Nürnbergs Zentrum aufgewachsen, verehrte Pia ihre Geburtsstadt. Neben Germanistik hatte sie auch Stadtgeschichte studiert. Darin ging sie völlig auf. Bis sie entschieden hatte nur noch zu schreiben, war sie eine gute Bibliothekarin gewesen. Hier entstand zunächst die Faszination, die eigene Fantasie zu kanalisieren. Nur waren ihre Themen über zügellose Leidenschaft nicht alltäglich, zumindest für eine biedere Stadtangestellte.

Lisa beobachtete die Freundin. »Woran denkst du?«

»Ob du es glaubst oder nicht, an Christopher.«

»Oh.« Erstaunt stockte Lisa.

Christopher Harz war Pias erste große Liebe und somit die Ursache, für ihre kaum zu bändigende sexuelle Abenteuerlust. Noch heute empfand sie es als Geschenk, dass dieser Playboy der erste Mann in ihrem Leben war. Er hatte ihre Erfahrungen in kurzer Zeit in gewaltige Höhen katapultiert.

Ihre Hand strich an ihrem Bücherregal entlang. »Wenn ich ehrlich bin …«, sinnierte sie, »… verdanke ich das hier dem Sexgott.«

»Und ein Leben ohne Familie«, ergänzte Lisa.

»Ja, der Mistkerl hat mir das Herz gebrochen. Damals habe ich mir geschworen, mich niemals wieder zu verlieben.«

»Das klingt, als würdest du ihn nach so vielen Jahren tatsächlich vermissen?«

Pia lachte. »Ihn nicht, aber seinen fabelhaften Schwanz ganz sicher.«

»Nur gut, dass ich das nicht beurteilen muss.«

Genüsslich an ihrem Weinglas nippend, lehnte sich Lisa in die Sofakissen zurück.

»Was mache ich denn nun damit?«

Fragend schob Pia den grünen Drachen über den Tisch. Im Gegensatz zu ihr, mochte Lisa Fantastisches jeglicher Art.

»Der schreibt echt gut«, erklärte sie.

»Willst du ihn mal sehen?«, fragte Pia.

Ungläubig riss Lisa die Augen auf.

»Jetzt bin ich aber beruhigt. Ich dachte schon, ich hätte mich geirrt.«

»Sieh dir diese Augen an!« Lisas Blick hing wie gebannt an Maiks Gesicht. »Es ist ja nicht so, als wäre ich Expertin, was Männer betrifft. Aber der ist ganz sicher nicht das, was dieses Bild verspricht. Mit dem willst du Bücher verkaufen? Bist du sicher?«

Ihr freches Grinsen gefiel Pia gar nicht. Sie wusste, dass sie immer einen Riecher für Irrtümer hatte. Die Erkenntnis half ihr nicht wirklich, im Gegenteil.

Verunsichert stöhnte sie und nahm Maiks Buch. Zumindest hatte ihr Lisa einige Details rund um die chinesische Mythologie, die alles andere als Fantasterei war, nähergebracht. Es würde verhindern, dass sie sich bis auf die Knochen blamierte. Darüber hinaus war es der Freundin gelungen, Pia für seine mehr als gelungene Satzführung zu begeistern.

Gut, schreiben kann er, dachte sie. Wenn ich die Augen schließe, wird es mir eventuell gelingen, ihm mit dem notwendigen Respekt zu begegnen.

»Warum habe ich nicht einen belanglosen Beruf?«, knurrte sie am Morgen vor der Messe.

Sie nahm den Koffer und zog stöhnend die Tür ins Schloss.

Kapitel 3

Sie betrat die Lobby des Superior-Hotels und schaute sich um. Was sie sah, verbesserte sofort ihre Laune. Das Hotel bestach durch eine erstklassige Lage zum Messezentrum. Mit Designermöbeln ausgestattet, verführte bereits der extravagante Eingangsbereich zum Bleiben.

Der Tresen glänzte mit goldimitierten Fliesen, deren geschwungene Linie sich an der Decke fortsetzte. Die Wände, in einem warmen Blau gestrichen, sorgten für eine wohlige Atmosphäre.

Plötzlich spürte sie den Drang sich umzudrehen. Sie riss die Augen auf.

Oh, mein Gott, da steht er!

Bevor sie dem Gefühl, sich auf dem Absatz umzudrehen nachgeben konnte, erkannte sie hinter Maik ihren Agenten.

»Pia, hier sind wir!«, krakeelte er.

Ein seltsames Echo zog durch die große Halle.

Der macht es mir verdammt leicht, sofort zu verschwinden, dachte sie genervt.

Die Unruhe konnte sie sich überhaupt nicht erklären. Sie war als abenteuerlustig und umgänglich bekannt. Als Maik unsicher hinter Erwin hervortrat, hätte sie vor Wut explodieren können.

»Frau Luckner?« Mit einem hinreißenden Lächeln stand ein junger Mann hinterm Empfang und wartete.

Erschrocken drehte sie sich um und errötete. »Entschuldigen Sie.«

Abwesend erledigte sie die Formalitäten. Sie war so mit Maiks Anblick beschäftigt, dass sie das, was ihr der hübsche Kerl sagte und ihr dabei die Zimmerkarte vor die Nase hielt, nicht mitbekam. Ärgerlich trat sie zur Seite, nahm ihren Koffer und ging zu den Männern.

Erwin wirkte trotz seiner Mitte vierzig ziemlich verlebt. Tiefe Falten, die wie Ackerfurchen über seiner Stirn prangten, erzählten von einer wilden Vergangenheit. Das geschah lange, bevor er beschlossen hatte, sich nur noch mit Autoren herumzuschlagen. Die heißen Bandjahre hatte er inzwischen hinter sich gelassen. Den erfolgreichen Ansätzen von so manchem angesagten Gig bediente er sich bis heute.

Während der kurzen Begrüßung beäugte Erwin seine Autoren und grinste unverschämt. Pia schielte beide Männer von der Seite an. Bei einem flüchtigen Blick könnte sie die glatt für Geschwister halten.

Erwins abgewetztes Jackett, die gebleichte Jeans und das viel zu große Hemd sahen ebenso absurd aus, wie der mehrfarbige Pullunder, den Maik unentwegt über dem Hosenbund zurechtzog.

Inzwischen fragte sie sich, was sie hier wollte. Als sie ihren Blick von der fusseligen Wolle losriss und an Maiks Hals nach oben schaute, empfing sie ein eiskalter Blick.

Unwillkürlich zuckte sie zurück. Ihr sehr aufmerksamer Körper registrierte eine Aufregung, deren Ursache sie beim besten Willen nicht erkannte. Trotzdem kroch die ihr unweigerlich unter die Haut.

Der hat jetzt nicht gegrinst?, dachte sie irritiert.

Nur den Bruchteil einer Sekunde, dann hatte der unscheinbar wirkende Mann seine Mimik wieder unter Kontrolle. Der Warnung, die ihr donnernder Puls an ihr Gehirn schickte, begegnete sie zunächst mit Unverständnis.

Sie wechselten ein paar Floskeln, ohne dass sie ihre Blicke voneinandernahmen und verabredeten sich zu einem Drink.

Was wird er bestellen? Einen Milchshake?

Die Worte entstanden gerade in ihrem Gehirn. Schon glaubte Pia, jede Silbe in seiner Miene wiederzufinden. Grübelnd stieg sie in den Fahrstuhl. Noch immer im Unklaren über das eigenartige Gefühl betrat sie die Suite.

Eine sehr luxuriöse Bleibe!, lobte sie, als das Licht anging.

»Da hat sich Erwin mal ins Zeug gelegt. Mit Maik im Schlepptau habe ich das allerdings verdient«, murmelte sie und sank vergnügt auf das riesige Doppelbett.

Ihr Blick wanderte über die noble Ausstattung. Weiße Wände, an denen Glasrahmen angesagte Kunst verbargen. Gegenüber vom Bett erstreckte sich eine Fensterfront. Eine verdeckte Lichtleiste sorgte für unauffälliges Licht.

Pia zog ihre Pumps aus, schob ihren Hintern direkt vor die mit einem Spiegel versehene Wand und zog grinsend die Luft ein.

»Hier kann man es aushalten. Ein kräftiger Typ mit entsprechender Hinterseite«, stellte sie zufrieden fest und schickte ihren lüsternen Blick über das zahlreiche Glas.

Dann erinnerte sie sich an die Verabredung. Nervös, wie vorm ersten Date, sprang sie von den blütenweißen Laken und eilte zum Koffer. Hurtig zerrte sie Anzug, Bluse und Abendkleid heraus und warf alles auf das Sofa.

Es stand einladend und von zwei wuchtigen Sesseln begleitet in der Nähe des Bettes. Eine ähnliche Sitzgruppe gab es in der Ecke mit einer schlichten Stehlampe an jeder Seite.

Wenig später betrat sie nackt und anerkennend pfeifend das Badezimmer. Links befand sich, eingerahmt von Glas, eine Großraumdusche. Ihre Füße genossen warme schwarze Bodenfliesen. Gegenüber der Tür ragte eine halbrunde Wanne in den Raum, die von zwei Waschtischen eingefasst wurde. Die Wände bestanden praktisch nur aus Spiegeln.

Sie versank in den heißen Fluten. Als sie duftendes Badeöl über ihre wohlgeformten Brüste laufen ließ, verschmolz der Anblick des perfekten Ambientes mit ihrer zügellosen Fantasie.

Nach einer halben Stunde steckte Pia in einem figurbetonten Kleid, das ihren prallen runden Po gerade so bedeckte. Ihre Beine endeten in silbernen High Heels. Das Make-up hielt sie dezent. Es passte perfekt zum Sandton ihres Kleides.

Am wichtigsten waren ohnehin ihre leuchtenden Augen und lange dunkle Wimpern. Ein zufriedener Blick in den Spiegel und sie war bereit, dem Drachen-Nerd mit dem eisigen Blick auf den Zahn zu fühlen.

Kapitel 4

Pia betrat die Lobby. Inzwischen war Ruhe am Empfang eingekehrt. Der Bursche hinterm Tresen sah auf und für Sekunden blieben seine Augen an ihr hängen. Amüsiert beschenkte sie den blonden Jungen mit einem verführerischen Lächeln. Dann drehte sie sich kurz um.

»Nachtdienst?«

Bis unter die Haarspitzen errötend nickte er und senkte seinen Blick. Sie zwinkerte ihm zu und bevor sie in die Lounge einbog, rief sie ihm winkend zu: »Ich komme später noch einmal zu Ihnen!«

Pia sah sich nicht noch einmal um. Seinen erwartungsvollen Blick spürte sie dennoch. An der geschliffenen Glastür stand ein Mitarbeiter und öffnete ihr die Tür.

Jazzmusik, gedämpftes Licht und warme Farben, perfekt, dachte sie.

Ihr Blick überflog die einzelnen Sitzgruppen. Noch bevor sie Maik entdeckte und Erwin ein weiteres Mal unpassend laut für Aufmerksamkeit sorgte, spürte sie ein aufregendes

Kribbeln unter der Haut.

Mit leichtem Schritt näherte sie sich dem Tisch und wusste staunende Blicke anwesender Männer hinter sich. Pia war sicher eine Augenweide. Trotzdem hielt sie sich für eine durchschnittliche Frau mit einem normalen Alltag.

Braune Ledersofas, umsäumt von Palmen, verteilten sich gegenüber einer breiten Fensterfront. Sie setzte sich Maik gegenüber. Für einen Wimpernschlag sah er auf. Kaum, dass sie sich gesetzt hatte, trat eine Kellnerin in schmucker Uniform an den Tisch.

Erwin bedachte sie mit einem breiten Grinsen und murmelte: »Was wollt ihr trinken?«

Maik zuckte unsicher mit den Schultern. Ein Bild, das sich von seinem eisigen Blick abhob. Ohne dem auszuweichen, erklärte Pia, dass zur Feier des Tages ein Champagner wohl angebracht wäre.

»Und etwas zum Essen. Ich bin am verhungern!«

Die hübsche Frau nickte lächelnd und entfernte sich. Pia schaute in das angespannte Gesicht ihres Agenten.

»Du arbeitest zu viel mein Lieber. Das ist dir doch klar?«

Erwin grinste. »Ich weiß. Trotzdem habe ich noch immer einen Blick für hübsche Frauen.«

»Dafür musst du dich nicht entschuldigen. Vielleicht solltest du eine der Schönen an Land ziehen und eine Familie gründen. Das meine ich ernst.«

Erwin lachte und nickte zustimmend. Währenddessen stand der Champagner und leckere Canapès auf dem Glastisch. Beherzt griff sie zu. Sie hob das Glas und ihr Blick verlor sich auf Maiks unschuldiger Miene.

»Auf eine erfolgreiche Messe!«

»So sei es«, nuschelte Erwin, griff hinter sich und legte die zu bewerbenden Bücher neben die Gläser. Vorsichtig schickte er einen Blick von einem zum anderen. »Ihr habt euch mit den Texten beschäftigt?«

Eine so zurückhaltende Ansprache hatte sie von ihm noch nie gehört. Sofort machte sich Misstrauen breit. Sie nickte und überraschte Maik mit dem von Lisa ausgegrabenem Wissen. Unerwartet hellte sich sein Gesicht auf.

Mit einem ähnlich ernsten Ton erklärte Maik: »Auch wenn es nicht so wirkt, kann ich beurteilen, was du mit deinen Geschichten offenbarst.«

Regungslos ließ er seinen Satz im Raum hängen. Pia bemerkte zu spät, dass sie ihm wie gebannt in die Augen sah, was nichts an seiner Mimik änderte. Eine seltsame Stille breitete sich aus. Erwin räusperte sich. Mit geröteten Wangen versuchte er, die Situation zu retten.

»Gut, dann kann ja morgen nichts schiefgehen.«

Maik nickte, trank aus und erhob sich. »Ich werde mich zurückziehen. Der Tag war lang und das gilt auch für morgen. Gute Nacht!«

Sein starrer Blick heftete sich an Pias offenstehenden Mund. Ohne ein Wort drehte er sich um und verließ die Lounge.

Sie atmete hörbar aus. »Sag mal, was hast du dir dabei gedacht?«

Erwin hob die Hände. »Ehrlich Pia, ich weiß, was du meinst. Aber ich dachte …«, er stöhnte. »Verdammt, ich finde einfach keinen, den ich auf den schrägen Typen loslassen kann. Das ist schon im Herbst in die Hose gegangen.«

Er sah erschöpft aus. Die tiefen Gräben um seine Augen schienen in der letzten halben Stunde noch gewachsen zu sein. Auch wenn sie sauer war, konnte sie ihn verstehen. Maik hatte es nicht einmal für nötig erachtet, sich umzuziehen.

»Für den Typen musst du dringend einen Stilberater organisieren.«

Sie wusste, dass der Drache sie total eingenommen hatte. Gegenüber Erwin würde sie das nicht zugeben. Den eisigen und sehr erwachsenen Augen musste sie unbedingt auf den Grund gehen.

Komme danach, was will! Nachdenklich kniff sie die Augen zusammen.

Sie tätschelte Erwin aufmunternd die Hand und meinte, er sollte sich deshalb keine schlaflose Nacht bereiten.

»Oh, man Pia. Du hast einen gut bei mir! Hast du heute Nacht noch etwas vor?«

Unverschämt grinsend lehnte er sich zurück.

»Vielleicht …«, sagte sie, »… kommt darauf an, wann das blonde Kerlchen da draußen Feierabend hat.«

Als Erwin ging, hallte sein Lachen durch die Lounge.

Am Empfang blieb sie tatsächlich noch einmal stehen. Sie beugte sich über den Tresen und las das Schild an der aufgeregt bebenden Brust des jungen Mannes.

»Nun, Tommy, das wird eine lange Nacht.«

So sanft, wie sie ihm kurz über die Hand strich, so ehrlich war das Lächeln auf ihren Wangen. Ein Handkuss mit verführerischem Augenzwinkern, dann schloss sich die Fahrstuhltür.

Zurück in der Suite, warf sie sich in die voluminösen Kissen. Ihr Blick hing an der Flasche Prosecco, die sie dem Kerlchen noch abgeluchst hatte. Sie hob das Glas und horchte in sich hinein. Sie wusste, selbst wenn die durchaus gewagte Einladung von Erfolg gekrönt wäre, sie sich heute Nacht damit keinen Gefallen tat.

Grübelnd versuchte sie das jämmerliche Bild, das Maiks Auftritt bei ihr hinterlassen hatte, mit dem aufregenden Getöse in ihr in Einklang zu bringen. Mit der Fernbedienung versuchte sie Ablenkung zu finden. Was auch immer sie tat, das Gefühl in dem Eismeer, in das er sie gestürzt hatte zu versinken, wollte nicht weichen.

Was zum Geier passiert hier? Sie beschloss, es für heute gut sein zu lassen.

Stunden später saß sie erneut in der Wanne und streichelte sich über ihre prickelnde Haut. Sie schloss ihre Augen und suchte in ihrer Erinnerung nach dem sanften Gesicht am Tresen. Endlich gelang es ihren erfahrenen Händen, Maik aus ihrem Kopf zu vertreiben.

Kapitel 5

Pia erwachte mit hervorragender Laune. Sie schob ihre Decke zurück, blinzelte in die Sonne und verschwand vergnügt in ihrem luxuriösen Bad. Ebenso unkompliziert gestaltete sich die Suche nach dem richtigen Outfit. Für gewöhnlich bereitete es ihr schon einiges an Mühe. Meist betrachtete sie sich unschlüssig im Spiegel.

Heute drehte sie sich einmal um die eigene Achse und war zufrieden. Der elegante Hosenanzug und die weit ausladende Bluse umspielten leger ihren perfekten Körper.

»Völlig gleich, was ich am Leib trage, mit Maiks Pullunder kann ich nie mithalten.«

Während des Frühstücks war ihr noch eine Auszeit vergönnt. Weder Erwin, noch Maik konnte sie an den Tischen entdecken. Anschließend begrüßte sie Erwin. Er sah noch immer ziemlich zerwühlt aus. Sie musterte ihn ungeniert und grinste frech. Genervt zog er es vor zu schweigen. Er kannte sie gut und war ihr wahrscheinlich noch immer dankbar, dass sie ihm seine Notlösung nicht nachtrug.

Ein leises Klingeln des Fahrstuhls und sofort verloren sich ihre Blicke auf Maiks gelben Rollkragenpullover.

»Ach, du meine Güte!«, entfuhr es ihr.

Das hilflose Achselzucken konnte Erwin nicht schnell genug verbergen. Mit schmalen Lippen trat Maik zu ihnen.

»Guten Morgen!«

Mehr sagte er nicht.

Erwins Gesicht nahm einen rosa Schimmer an. Verlegen räusperte er sich. »So, dann wollen wir mal.«

Hilflos blinzelte er nach Pia. Die amüsierte sich auf seine Kosten.

»Na, gut geschlafen?«, säuselte sie und schenkte Maik ein freches Grinsen.

Erschrocken blieb Erwin stehen. Er glaubte, ein zärtliches Lächeln auf seinem Gesicht zu sehen. Bevor Maik vor ihnen das Hotel verließ, bohrte er seine eisigen Augen in Erwins Gesicht. Der schüttelte verstört seinen Kopf.

»Was habe ich denn getan?«

»Mach’ dir nichts daraus. Vielleicht gefallen ihm deine Beine nicht.« Lachend hakte sie sich bei ihm unter.

»Die Leipziger Buchmesse öffnet jedes Jahr ihre Tore und lädt Literaturfans zum Stöbern ein.«

Erwins Vortrag noch im Ohr, trat sie zuversichtlich an den vorbereiteten Tisch. An jedem Tag der vor ihnen liegenden Woche sollten sich zwei andere aus Erwins Autorenschar um den Stand kümmern.

»Ja, ich weiß«, stöhnte Erwin, dem Maiks grimmiger Blick nicht entging. »Es ist nicht Frankfurt, aber auch nicht weniger, als die zweit größte Buchmesse in ganz Deutschland.«

»Ich habe doch gar nichts gesagt.« Maik zwinkerte Pia zu.

Das perfekte Unschuldslamm zu mimen, bereitete ihm sichtlich Vergnügen, brachte aber Erwin an den Rand des Wahnsinns. Als der sich entfernte, sah sie ihn fragend an. Nur Sekunden, und seine Mimik war eine andere.

»Das solltest du nicht tun. Erwin ist ein guter Agent.«

Sein zweifelnder Blick ließ sie verstummen. Dann huschte ein Lächeln über seine Lippen.

»Er wird es verkraften. Hat er dir eigentlich erzählt, dass ich dem Messetag nur unter der Bedingung zugestimmt habe, wenn er dich verpflichtet?«

Seine Frage traf sie wie ein Blitz. Ebenso schnell geriet sie in Wut.

»Jetzt hör' mir mal genau zu«, zischte sie. »Vielleicht mag ich Erwin und tue ihm manchmal einen Gefallen. Das bedeutet aber noch lange nicht, dass jeder zweitklassige Typ über meine Anwesenheit bestimmen kann.«

Ein kaltes Lachen umspielte seinen sehr sinnlichen Mund, der sie komplett durcheinanderbrachte. Er trat neben sie.

»Ich bin der einzige Bestsellerautor in seinem Haufen. Das beste Pferd im Stall«, hauchte er nur wenige Zentimeter von ihrem Ohr entfernt. »Deshalb die Privilegien. Darüber hinaus liebe ich es, Inkognito zu bleiben.«

Dann wich er zurück, zwinkerte ihr zu und verschwand hinter einem der Aufsteller.

Mit roten Wangen gesellte sie sich zu ihm. Peinlich berührt zog sie ihn am Ärmel des Wollpullovers.

»Entschuldige, sonst bin ich besser informiert. Aber, na ja, wie soll ich sagen? Ich sah dein Bild und …«

Sie stöhnte und strich ihm über die wollige Brust. Was ihre Hand unweigerlich fühlte, zeichnete sich sofort auf ihrem

Gesicht ab. Erneut begann er zu lachen.

»Beurteilst du jeden nach dem ersten Eindruck oder der Wolle, in der er steckt? Vielleicht solltest du einen Blick darunter wagen.«

Sein lüsterner Ton, der sich sofort in ihrem Unterleib bemerkbar machte, hätte ihr fast ein Stöhnen entlockt. Als Erwins Figur um die Ecke bog, war er wieder der unschuldige Junge.

»Du hättest mir sagen müssen, dass er nur wegen mir hier ist. Und Bestsellerautor?«

Erwin wusste vor Verlegenheit nicht wohin. Allmählich tat ihr der geknickte Kerl leid.

»Na ja, am Ende muss ich dir noch dankbar sein.«

»Wie kommst du denn darauf?«

»Weil er mir angeboten hat, einen Blick unter seine Wolle zu riskieren. Das könnte sich lohnen, wenn du verstehst, was ich meine.«

Erleichtert stieß er die Luft aus. Mit Pias heißblütigem Gemüt kannte sich Erwin aus. Während ihrer ersten Begegnung hatte er sich beinahe selbst in ihrem Bett wiedergefunden. Quasi im letzten Moment machte er einen Rückzieher.

»Für deine Nerven könnte es heute besser sein, wenn du uns allein lässt. Such' dir eine Lady.«

Ihr anzügliches Grinsen wärmte ihm sicher das Herz.

»Klar, meine Süße, mache ich. Auf deine Verantwortung. Nicht, dass du dich beschwerst, wenn ich dich bitte, meine Trauzeugin zu sein.«

Sie tätschelte ihm zufrieden die Hand und winkte ihm schmunzelnd, als er sich abwandte.

Kapitel 6

Während sich Pia der gelben Wolle näherte, wuselte Maik geschäftig hinter dem Tisch. Mit Hilfe einiger Handgriffe war es ihm gelungen, den Stand in eine faszinierende Oase chinesischer Drachenlandschaften und atemberaubender Strände zu verwandeln. Zufrieden erkannte sie, er wusste, was er tat.

»Das hier ist nicht schwerer, als die Organisation einer perfekt aufeinander abgestimmten Firmenphilosophie«, erklärte er.

»Woher hast du dieses Wissen?«

»Ich habe mehrere Studienabschlüsse. Einer von ihnen befasst sich mit der menschlichen Psyche.«

Seine nüchterne Erklärung, die er so nebenbei fallen ließ, verblüffte sie und kettete ihren Blick an den seltsamen Mann.

Eine halbe Stunde, nachdem die Messe begonnen hatte, ergänzten sie sich trotz ihrer Gegensätze hervorragend. Maik erwies sich als perfekte Werbung für Pias Roman, der so gar nicht zu ihm passte. So, als zöge er die Kundschaft geradezu an.

Die zwei Autoren, die so unterschiedlich wie ihre Sätze daherkamen, erlaubten es selbst dem vorsichtigsten Leser, die eigene Verlegenheit unbekümmert hinter sich zu lassen.

Fasziniert verfolgte sie seine Beschreibungen. Die zeigten, wie intensiv er sich mit ihrem Buch beschäftigt hatte. Allmählich schämte sie sich. Sie konnte nicht ansatzweise mit demselben Enthusiasmus dienen, wenn sie sich auch inzwischen sehr ins Zeug legte.

»Es ist nicht nötig, dass du dich auskennst«, erklärte Maik. »Die Nerds haben genügend Infos zum Thema. Was für sie hingegen neu sein dürfte ist, einer attraktiven Frau, statt aus bits und bytes aus Fleisch und Blut gegenüber zu stehen. Etwas Weiblichem deiner Güte begegnet denen allerhöchstens in ihren feuchten Träumen.«

»Und zu denen zählst du dich nicht?«

Innerhalb von Sekunden verengten sich seine Augen zu blauen Eisschlitzen. Blitzartig neigte er seinen Kopf. Nur Millimeter an ihrer Haut hörte sie seine gefährliche Stimme.

»Kleines, wenn du artig bist, verschaffe ich dir vielleicht die Gelegenheit, das herauszufinden.«

Pia blieb nichts anderes übrig, als diese Frechheit unkommentiert hinzunehmen. Der Ansturm, der nur wenige Augenblicke später auf ihren Stand zurollte, erlaubte es ihr nicht. Der verwegene Blick, mit dem sie Maik ansah, versprach ihm zu ihrem Entsetzen genau das, was er von ihr erwartete.

Den restlichen Tag verbrachten sie friedlich, wenn sie sich auch wie Raubtiere beäugten. Erwin hatte Wort gehalten und sich erst am Abend wieder blicken lassen.

Zunächst versuchte er die Gemütslage am Stand einzuschätzen. Womöglich erwartete er diverse Schwierigkeiten, die sich aber nicht bestätigten. Unschlüssig darüber, was hier während seiner Abwesenheit geschehen war, blickte er zweifelnd in die erwartungsvollen Gesichter.

»Hast du dich gut amüsiert?«, fragte Pia.

»So, wie es aussicht, trifft das zumindest auf euch zu.«

Erschrocken suchte er Maiks Blick. Er glaubte wohl, sich mit seiner Aussage erneut unbeliebt zu machen.

»Nur kein Neid, Großer«, sagte Pia. Sie hatte das Zucken um Maiks jugendliches Kinn bemerkt. »Jungs, was haltet ihr davon, wenn wir etwas Essen gehen? Ich bin am Verhungern.«

Sie stand zwischen den Kampfhähnen, die sich merklich entspannten.

»Gern«, sagte Erwin. »Bei der Gelegenheit könnt ihr eure Nachfolger begrüßen.«

Maik nickte. »Gute Idee!« Dann schlenderte er an Erwin vorbei.

Mit einem unanständigen Grinsen zwinkerte er Pia zu und ließ beide geschockt zurück.

»Hast du den etwa schon gezähmt?«, platzte Erwin heraus.

Pias Lachen klang alles andere als überzeugend. Nur hörte der nervöse Mann neben ihr den Unterton nicht.

Abwarten, dachte sie mit einer gewaltigen Aufregung in der Brust, wer am Ende wen gebändigt hat.

Kapitel 7

Das Restaurant, in dem sich die Gruppe traf, entsprach Pias Geschmack. Hochmodern, mit dezenten Farben und weniger verspielt, als es die zitronenfarbenen Kissen vermuten ließen. Schlichte Dreisitzer mit je zwei runden, elegant geschliffenen Tischen davor, passten perfekt.

Magdalena Rubens fläzte entspannt auf lila Plüsch. Den Arm locker über die geschwungene Lehne hängenlassend, amüsierte sie sich entspannt über Simons freche Ansage. Er hüstelte gespielt und schüttelte sein graues Haupt.

Sie kannten sich seit einer Ewigkeit. Vor zehn Jahren waren beide die Ersten gewesen, die Erwin ihr Vertrauen geschenkt hatten. Damals waren sie auf der Suche nach etwas Innovativem. Dass sie ihm nach wie vor die Stange hielten, erklärten sie mit dem inspirierenden Input.

Als sich Pia dem Tisch näherte, winkte Magdalena aufgeregt. Die sonst zurückhaltende Frau mochte ihre aufgeschlossene Art. Sie gehörte insgeheim zu einer ihrer größten Fans. Unter dem Einfluss einiger Gläser Rotwein war ihr das herausgerutscht. Ihre Offenbarung empfand Pia als Ritterschlag. Schließlich hatte ihr Magdalena einiges voraus.

Sie schielte zu ihr und stellte sie sich mit rosa Wangen und stoßweise flacher Atmung vor. Ehe man ihr die voyeuristischen Gedanken ansah, begrüßte Pia sie herzlich. Dann drehte sie sich zu Simon und schenkte ihm ein erfrischendes Lächeln. Ein aufregender herber männlicher Geruch stieg ihr in die Nase. Er war nicht nur ein kluger, sondern auch ein sehr kultivierter Mann. Nur eben glücklich verheiratet.

Mit Simon verband sie etwas, was so gar nicht zu ihren Gewohnheiten passte. Sie liebte ihre langen Gespräche über die Weltpolitik. Wann immer sie sich begegneten, verstand er es, sie mit nur wenigen Sätzen zu begeistern. Dabei blieb er stets auf Augenhöhe. Er war einer der wenigen Männer, den sie nur mit ihrem Verstand wahrnahm.

Die Geschichten ihrer Tischgenossen erwiesen sich ebenso unterschiedlich, wie die ihrer Messetagesvorgänger. Magdalena hatte inzwischen den dritten Band einer historischen Familiensaga veröffentlicht, wogegen Simon Rausch ein erfolgreicher Autor von politisch ausgerichteten Sachbüchern war.

Das könnte spannend werden, dachte Pia, als sie die zwei beobachtete.

Über Erwins Gespür für passende Unterschiede brauchte man nicht streiten. Er hatte dabei bisher immer richtig gelegen. Der gerade erlebte Messetag gehörte eindeutig dazu.

»Wie war dein Tag mit Maik?«, fragte Simon.

»Nun …«, versuchte Pia zu erklären und dabei möglichst unbedarft zu wirken, »… wie formuliere ich das? Es war anders, als ich es erwartet habe. Vor allem, wenn du ihn aus der Nähe betrachtest.«

Beide sahen sie erstaunt an.

»Also, ich fand ihn furchtbar. Der hat mich einfach nur genervt«, gestand Simon. »Aber wenn ihr miteinander klargekommen seid, umso besser.«

»Gab es inzwischen überhaupt jemanden, der ihn länger ertragen konnte?«

Anerkennend tätschelte Magdalena Pia die Hand. Dabei verzog sie ihr Gesicht. Empörung, auch ein wenig Belustigung stritten in Pia, welche der Gefühle bei diesem Satz die Oberhand behielten.

Sie drehte sich gar nicht erst um. Ein Blick auf die anderen genügte, um zu wissen, dass Maik im Anmarsch war.

Mit einem höflichen: »Guten Abend«, setzte er sich neben Magdalena.

Pia musterte unwillkürlich sein unschuldiges Lächeln. Natürlich spiegelte sich in seinen Augen ihre erneute Verblüffung, mit der sie die großen Maschen des rosa Pullunders anstarrte. Das eierschalenfarbene Hemd war dabei die absolute Krönung seiner Geschmacksverirrung.

»Schick«, murmelte sie.

Inzwischen überlegte sie, ob er sein schräges Outfit nur für sie ausgewählt hatte. Plötzlich grinsten sie sich unverhohlen an und das war, verständlicherweise, einigermaßen irritierend für den Rest am Tisch.

»Nur für dich, mein Herz«, sagte er trocken.

Pia feixte zufrieden und allen anderen standen Fragezeichen in den Gesichtern. Als sich Erwin hinzugesellte, lockerte sich die Atmosphäre spürbar auf.

Unabhängig seinem Äußeren, wusste Maik, mit Wissen und verbaler Perfektion, Gespräche zu lenken. Schnell hatte er die Führung vollständig übernommen. Seine wollige Ausstrahlung schien einstweilen vergessen. Spätestens, als Simon ins Politische abdriftete und er in ihm einen engagierten Partner fand, spielten die rosa Maschen keine Rolle mehr.

Erwin wirkte froh darüber, wie sich der Abend entwickelte. Er entspannte sich. Pia und Magdalena verloren sich in Fachsimpelei. Zu allen Themen wusste Erwin etwas Verwertbares. Zehn Jahre lang war er verantwortlich für eine erstklassige Punkband gewesen.

Pia sah ihm ins Gesicht. Die wilde, kräftezehrende Zeit hatte Spuren hinterlassen. Dennoch glänzten seine Augen und seine Stimme bekam eine schwingende Melodie, wenn er von ihr erzählte. Jeder seiner Autoren profitierte von dem riesigen Erfahrungsschatz. Fast jedem Abgrund der menschlichen Psyche hatte er hautnah beigewohnt. Egal, ob es sich um fachliche oder menschliche Katastrophen handelte.

Dann neigte sich der Abend dem Ende zu. Die ersten verabschiedeten sich. Die Stimmung am Tisch veränderte sich, als Magdalena und Simon gegangen waren. So beeilte sich Erwin, durchaus ungeschickt, möglichst schnell zu verschwinden.

Kaum war er nicht mehr zu sehen, fragte Maik: »Möchtest du gehen?«

»Eigentlich nicht.« Pias Blick schweifte durchs Restaurant. »Hier ist der Tag scheinbar zu Ende. Wir könnten in der Bar vorbeischauen.«

»Guter Vorschlag«, sagte er lapidar und stand auf.

In der Bar zogen sie sich an einen hinteren Tisch zurück. Zufrieden mit dem gelungenen Ambiente ruhte ihre Aufmerksamkeit auf Maik, der leger an seine halbrunde Stuhllehne zurücksank.

»Ich muss dich etwas fragen.« Sie kaute auf der Unterlippe. Freilich passte es nicht zu ihr. Doch irgendetwas in diesen Augen veranlasste sie, ihren Argwohn beiseite zu schieben. »Sprichst du mit mir über meinen Roman? Es interessiert mich, wie du wirklich darüber denkst.«

»Hm …«, murmelte er. »Ich hätte nicht gedacht, dass du Wert auf meine Meinung legst.« Eine kurze Pause entstand, während über seine Augen ein dunkler Hauch strich. »So, wie ich dich bisher erlebt habe, denke ich, jedes Wort, was du sagst, ist genauso gemeint.«

Erstaunt sah sie ihn an. Seitdem sich Erwin entfernt hatte, wirkte sein Gesicht offen und unbeschwert. Sie bekam das Gefühl, jetzt saß ihr der wahre Maik Wimmer gegenüber.

»Okay, ich will ehrlich sein und und nicht sinnlos herumquatschen. Das ist nicht meine Art«, fuhr er fort. »Das Genre passt zu dir. Da erzähle ich dir nichts Neues. Damit liegst du voll im Trend. Ich bin sicher, mit der Entwicklung deiner Protas gibst du viel von deiner Persönlichkeit preis. Mehr, als du bereit sein wirst, zuzugeben.«

Auf ihre hochgezogenen Augenbrauen hob er entschuldigend die Hand.

»Was ich damit sagen will, bisher habe ich dich als durch und durch ehrlich erlebt. Jedes Wort, das du schreibst, beweist meine Empfindung. Meiner Meinung nach führt das zum Erfolg. Du machst es deinen Leserinnen leicht, sich in die Figuren hineinzuversetzen. Allerdings könnte diese Wahrhaftigkeit auch einen nicht zu unterschätzenden Nachteil haben.«

»Wie meinst du das?«

Pia war inzwischen derart positiv von ihm eingenommen, dass sie alles rund um sie herum vergaß.

»Wie stehst du beispielsweise zu Themen wie BDSM oder Analverkehr?«

Augenblicklich stieg ihr Puls an. Ihr Körper verwandelte sich in eine Antenne, die bereits auf vollem Empfang war und somit ganz automatisch ihren Verteidigungsmodus alarmierte.

»Was geht dich …«

Noch ehe sie weitersprechen konnte, legte er sanft seine Hand auf ihre. Ihr Protest löste sich in Luft auf.

»Die Offenheit musst du mir nachsehen.« Er zwinkerte ihr schelmisch zu. »Ich nenne die Dinge immer beim Namen. Das verhindert Missverständnisse.« Fassungslos starrte sie ihn an. »Ich glaube, es gibt einen einfachen Grund dafür, dass du gewisse sinnliche Reize deinen Figuren vorenthältst. Das ist für dich unehrlich, habe ich recht?« Jetzt sah er ihr direkt in die Augen. »Sich das entsprechende Know-how und die entsprechenden Gefühle anzulesen, käme einer klaren Lüge gleich. Ich glaube, für dich kommt das nicht in Frage. Was du nicht kennst oder magst, passiert eben in deinen Geschichten nicht. Ein Grund, warum du in einem riesigen Meer von Autoren durchaus beachtliche Ergebnisse verzeichnen darfst. Vielleicht solltest du dich weiterentwickeln. Ich bin sicher, in Zukunft wird deine Leserschaft Ähnliches von deinen Charakteren erwarten.«

Maik griff nach seinem Bourbon, hob ihn an seinen Mund und ließ dabei seine Zunge genüsslich über den Zuckerrand gleiten. Sein fordernder Blick bohrte sich emotionslos in ihr Antlitz.

Pia schluckte und sah sich der Wahrheit seiner dreisten Beschreibung ausgeliefert. Der Anblick dieser offensichtlich erfahrenen Zunge, die genüsslich über den Glasrand schlich, zog sie immer weiter in seinen Bann. Dabei war sie unfähig, dem tobenden Sturm in ihrem Gehirn zu entkommen. Allerdings zeigte ihr Körper schnell, was für eine Frau in ihr steckte. Die hatte Maik sicherlich herauslocken wollen.

Schweigend blickte sie in die starren Augen. Ihre forschende Miene sorgte bei ihm für ein anzügliches Grinsen. Das eisige Blau erzählte ihr von Ruhe und Gelassenheit, ohne jede Spur von Aufregung. Es war an ihr zu reagieren. Sie ahnte, dass seine Worte nicht nur als ein nüchterner und leider auch wahrer Hinweis zu verstehen waren. Die erotische Einladung konnte sie ebenso wenig leugnen.

»Pia, deine Augen sprühen vor Neugier. Hast du es je versucht?«, fragte er kühl. »Wie willst du erkennen, was du nicht magst, wenn du es noch nie erlebst hast?«

»Mag sein …«, gab sie ehrlich zu. »Möglich, dass du recht hast. Nur stellt sich mir die Frage, wieso außgerechnet du dich als Spezialist für derartige Weiterbildungen empfiehlst?«

Verwegen heftete sie sich an seinen dunklen Blick. Der verfolgte aufmerksam ihre Hand, die sich seiner wolligen Brust näherte.

»Dann schlage ich vor, du findest es heraus«, hauchte er beinahe tonlos, während sein Mund für Sekunden über die Haut ihres Halses wanderte.

Damit war alles gesagt. Von nun an entschied Pias Körper über ihre Vorgehensweise. Gleichzeitig zeigte der ihrem Verstand klar die rote Karte und erteilte ihm somit einen direkten Platzverweis. Sie nahm ihr Glas und leerte es in einem Zug, wobei sie ihre Zunge ebenso verführerisch über die Lippen streichen ließ. Sie erhob sich und neigte sich zu ihm.

»Suite 603, linker Flur. In einer halben Stunde und du kümmerst dich um die Formalitäten!«

Nur ein Blick genügte und sie wusste, dass der Drache zum einen verstanden und darüber hinaus ihr genau das geben könnte, was sie bisher in ihrem Leben vermisst hatte.

Kapitel 8

Wie ein nervöses Bündel, gepeinigt von prickelnden Erwartungen wuselte sie durch die Suite, um ihm einen halbwegs ordentlichen Eindruck vorzugaukeln.

»Eine halbe Stunde!«, fluchte sie und griff nach dem Rasierer.

Die Kürze der Zeit erlaubte keine ausschweifende Grübelei. Ein letzter prüfender Blick in den Spiegel und sie fühlte sich einigermaßen vorbereitet.

Klopfen an der Tür, Pia öffnete und trat blinzelnd zur Seite. Mit offenstehendem Mund schlich sie an ihm vorbei und setzte sich aufs Bett.

»Hallo, Prinzessin!«, begrüßte er sie.

Er gab sich unbeteiligt. Wobei ihm ihr Blick ganz sicher nicht entging. Sie betrachte seine Füße, die barfuß in Sandalen steckten.

Jesuslatschen!, dachte sie und hob ihre Augen.

Die strichen über den breiten Schlag einer blassen Cordhose. Vom Cord war nicht mehr als ein paar Fusseln zu erkennen. Weiter wanderte ihr Blick zu einem weißen Shirt, das wenigstens zwei Nummern zu groß um seinen Oberkörper schlabberte.

»Was?«, begann sie und verstummte.

Das Neongrün des gewaltigen Drachens, den sie trotz des faltenschlagenden Stoffes sofort erkannte, verursachte in ihrem Mund eine staubtrockene Zone. Dann hing sie an den stahlblauen Augen, die hinter seiner Nickelbrille eine berechnende Kälte versprühten. Die bunte Tüte in seiner Hand entlockte ihr ein Grinsen.

Der Mann, der in dem sehr bizarren Outfit steckte, wartete einfach nur ab. Mit einem hungrigen wilden Blick fesselte er jede ihrer Regungen und kontrollierte ihre Atmung. Ähnlich wie ihre Gefühle, begann ihr Herz zu rasen. Unweigerlich versank sie tiefer in ihren Kissen.

»Hast du dich davon überzeugt, den Richtigen hereingelassen zu haben?«, fragte er, kam langsam auf sie zu und zur anderen Seite des Bettes.

Wortlos legte er den Inhalt der Tüte, auf der ebenfalls sein Drache leuchtete, aufs Kissen. Im Augenwinkel erhaschte sie eine winzige Ahnung von den atemberaubenden Mitbringseln. Maik stand vor ihr und hielt seinen unverschämten Blick auf ihren glühenden Wangen. Nebenbei legte er die Brille auf der Sofalehne ab.

Der eisige Hauch eines arktischen Windes überkam sie, als sich seine Hände unter den Saum des T-Shirts schoben. Bereits wenige Zentimeter reichten aus und ihre Lippen verließ ein deutliches Ächzen.

Was er ihr bot, erinnerte an eine Striptease-Show der Chippendales. Unter dem minimalen Streifen kam ein imposantes

Tattoo zum Vorschein, das seinen gesamten Körper bedeckte. Sie konnte weder dessen Beginn und noch weniger sein Ende ausmachen. Er musste eine Art Fetisch zu der Drachenfigur haben. Nur Sekunden später schob er den schäbigen Cord von den nackten schmalen Hüften.

Wie kommt man auf die Idee, sich ein solches Tattoo stechen zu lassen?

Ihre Augen hingen gebannt an den grün-gelben Schuppen. Sich seiner immensen Wirkung bewusst, beobachtete er jeden Wimpernschlag, zu dem sie gerade noch fähig war.

Auf seiner Brust prangte seine Romanfigur, deren Leib sich über den gesamten Mann erstreckte. Pias Pupillen wanderten entlang des sich windenden Bildes, als würde sie mit dem Finger über die klaren Farben streifen. Das schlängelte sich von der Schulter aus abwärts, vorbei an den kräftigen Oberschenkeln und verharrte an seinem Geschlecht.

»Wow!«

Die empfindliche Lust, die ihr augenblicklich die Luft nahm, war nur schwer zu bändigen. Derweil kämpfte sie noch immer mit ihrem argwöhnischen Gehirn um die Vorherrschaft.

Während in ihrem Inneren ein Orkan tobte, näherte sich Maik behutsam. Er gönnte ihr kurz die Faszination für das imposante Kunstwerk. Ihre Augen klebten auf seiner Brust. Momentan wagte sie es nicht einmal, sie nochmals auf Wanderschaft zu schicken.

»Ich werde erst einmal duschen gehen.«

Er drehte sich um und ging in Richtung Bad. Auf seinem Rücken prangte die gewaltige Rückseite des Drachens. Sein überdimensionaler Schwanz hatte mit Sicherheit eine Bedeutung. Er nahm die gesamte Breite ein. Die Schuppen des Reptils standen aufrecht. Jede Pore seiner Haut schimmerte in Neonfarben, ein fantastischer Anblick, zumal der letzte Zipfel perfekt positioniert auf seinem Hintern endete.

Sein Lächeln, als er vor der Badezimmertür über die Schulter sah, versetzte ihrem Herzen einen ungewohnten Stich. In ihrer Erinnerung suchte sie nach dem Bild des Drachenhauptes. Das vermutete sie, noch friedlich schlummernd zwischen den Muskeln seiner Beine.

»Ist ja irre!«, hörte sie ihn rufen. »Deine Suite hat sich Erwin was kosten lassen. Perfekt für diese Nacht.«

Dann hörte sie die Dusche. Sofort löste sie sich aus ihrer Starre. Was bisher geschehen war einzuordnen, darauf verzichtete sie lieber. Abwesend huschte ihr Blick über die Utensilien, die Maik neben ihr bereitgelegt hatte.

Scheiße! Das versteht er unter Formalitäten. Der meint tatsächlich, was er sagt. Pias Gefühle überschlugen sich.

Ihre Finger strichen über das feine, zehn Zentimeter breite Band, den weichen Lederknebel und die schwarze Augenbinde. Die Packung Kondome konnte glatt zur Nebensache werden.

»Jetzt erklär' mir mal einer …«, murmelte sie, »… warum ein Mann sowas in seinem Koffer spazieren fährt. Das ist doch kein Zufall.«

Sie wendete die schlichte Pappe zwischen ihren Händen.

»XXL - extra groß, aha! Für einen ausgewachsenen Drachen. Hätte mich auch gewundert, wenn es anders gewesen wäre«, stellte sie nüchtern fest und legte das Päckchen zurück.

Jede Minute wurde sie misstrauischer und verfluchte ihre Abenteuerlust.

Was hat er vor?

Nur ein Blick neben sich erklärte die Frage für überflüssig. Sie hatte ihn ganz klar zu der Lehrstunde eingeladen. Dafür benötigte er schließlich Arbeitsmaterialien.

Ihr Brustkorb hob und senkte sich passend zu ihren Vorstellungen. Schweißnasse Hände, zitternde Knie und stockender Atem waren in wenigen Minuten noch harmlose Begleiterscheinungen. Davon war sie überzeugt. Dennoch brannte in ihrem Körper ein loderndes Feuer, das die zaghaft aufkeimende Furcht weiter ins Abseits drängte.

Das Geräusch herabstürzender Wasserfälle erstarb. Erneut stand er vor ihr. Mit einem verzehrenden Blick flogen die dunklen Pupillen über sie hinweg. Ein eiskalter Schauer raste über ihre zitternde Haut. Augenblicklich hielt sie die Luft an. Maik könnte ihr heute Nacht den Sex des Jahrhunderts bescheren oder zum größten Fehler ihres Lebens werden.

Kapitel 9

Ihre Aufmerksamkeit war völlig auf seinen Körper fixiert. Mit weit aufgerissenen Augen verfolgte sie, wie er mit nur drei Schritten ums Bett ging und am Fußende stehenblieb.

Was hat der Typ an sich? Die Frage verwirrte sie und ließ sie unzufrieden zurück.

Die nicht weichen wollende Nervosität verlangte von ihr, mit dem Rücken immer näher an die Wand zu rutschen und die Beine eng an die Brust zu ziehen.

Was passiert hier? Ein überreizter Körper - Schutz suchen - flüchten!

Während ihr Gehirn auf Hochtouren arbeitete, zappelten ihre Füße wie die Beine eines Pferdes. Nur der Wechsel in einen Schneidersitz konnte die Unruhe zähmen.

Er sah sie eine Weile ungerührt an und setzte sich dann auf die Bettkante. Ihr Herzschlag beschleunigte sich. Ein unglaubliches Gefühl, das ihr mit jedem Schlag die Brust beinahe zerriss, übertrumpfte die Sorge um ihre Verletzbarkeit.

Ganz ruhig Pia. Was immer er in nur einer Nacht tun kann,

du wirst es im Griff haben!

Leider funktionierte die innere Ansprache nicht. Ihre verkrampften Knie, die Maiks Hände sanft von ihrem Schoß lösten, bestätigten das. Bevor sie Gefahr lief, in seinem Dunkelblau rettungslos zu versinken, näherten sich seine Lippen. Wenige Millimeter, sie hätte einfach nur ihre Zunge herausstrecken müssen.

Sein diebisches Grinsen verriet ihr, wie nahe sie jetzt schon war, die Kontrolle zu verlieren. Sein Daumen berührte ihre Unterlippe und entlockte ihr so ein Stöhnen. Er schmunzelte und senkte seinen Mund auf ihren.

Noch niemals hatte sie ein Kuss so verrückt gemacht. Unvorstellbar, er pendelte zwischen liebevollen Liebkosungen ihrer Zunge und erfahrenen schnellen Stößen, was sie in den Wahnsinn treiben könnte. Schlimmer noch, sie erkannte dabei seinen berechnenden Blick.

Ihr Blut raste empfindlich kribbelnd durch ihren Körper. Mit Empörung reagierte hingegen ihr Mund, als er ihr seine Zunge entzog. Stattdessen fuhr er langsam mit seinem Zeigefinger über ihre Haut.

Sie wimmerte kaum hörbar: »Maik, wer bist du?«

Als hätte er diese Frage erwartet, zog er sie an sich und bettete sie sorgsam mit dem Rücken diagonal auf die nach Blumen duftende Decke. Wie ein sich aufbäumendes Raubtier schwebte sein Körper anschließend über ihr. Mit gespreizten Oberschenkeln kniend und auf seine Ellenbogen gestützt, suchte er ihren flehenden Blick.

»Ich bin der Mann, der mit dir heute Nacht über Grenzen gehen wird.«

Ihr Stöhnen unter ihm wich langsam einem Beben. Die Hände über ihrem Kopf fest auf der Matratze fixiert, sah er sie forschend an. Auf seinem Gesicht stand ein teuflischer Ausdruck.

Abermals begannen Pias Beine ein unabhängiges Eigenleben. Ihr magisches Zittern ignorierte er. Ähnlich verhielten sich sämtliche Muskeln in ihrem Leib. Aufs Äußerste gespannt schwankten sie zwischen erwartungsvollem Zusammenziehen und frustrierender Entspannung.

Unwillkürlich versuchte sie, ihren Oberkörper aufzurichten. Bisher war sie es gewohnt, jede Minute eines Liebesspieles zu dominieren. Diesen Führungsanspruch hatte er ihr bereits mit dem Abnehmen seiner Brille entzogen.

Ihren halbherzigen Versuch beendete er mit funkelnden Augen. Sein fester Griff presste sie auf das Laken. Ohne eine Spur von Aufregung streichelte er ihre Wange, über den Hals und am Schlüsselbein entlang.

»Maik …«

Ihre Worte versiegten, als sie sein warnender Blick traf. Ergeben sank sie zurück und streckte die Waffen. Am Oberschenkel spürte sie seine Erregung.

Während er von Beginn an nackt war, trug sie zu ihrem weißen seidenen Hemdchen nur einen hauchdünnen Slip. Er hätte den dünnen Spitzenstoff mühelos zerreißen können und im ersten Augenblick hatte sie auch damit gerechnet.

Nachdem seine Augen befahlen, ihre Hände über dem Kopf liegen zu lassen, berührte er ihren Körper zart wie ein Windhauch. Dabei wich das Hemd unwillkürlich von ihrer Brust. Er wirkte, als wollte er jede einzelne ihrer Poren erobern.

Den Händen folgten seine Lippen. Sie wand sich unter seiner spielenden Zunge, was offenbar erlaubt war.

Seine dunkelblauen Pupillen richtete er kurz auf ihr Gesicht, bevor er ihr die Spitze zwischen den bebenden Schenkeln nur mit Hilfe seiner Zähne auszog. Quälend langsam schob er sich nach oben. Das hinterlistige Funkeln in den Augen brachte sie an den Rand eines verfrühten Höhepunktes. Was Wunder bei der Intensität, die die wenigen Augenblicke ausmachten.

Sein Auftritt, die blauen kalten Blitze unter seiner Stirn, seine Hände - einfach alles - das Gesamtpaket war unübertroffen und ließ sie unter ihm förmlich zerfließen.

Er setzte sich auf und sank auf ihre Oberschenkel. Ehrfürchtig betrachtete sie das aufragende Drachenhaupt. Die Neonfarben und die Vorstellung des damit vermuteten Schmerzes genügten, um ihre Atmung auszusetzen.

Mit um einige Oktaven nach unten gesunkener Stimme, raunte er: »Verzehrst du dich nach ihm? Sag es mir.«

Fordernd bohrte sich sein Blick in ihre geweiteten Pupillen. Trotz aller Erfahrung konnte sie nur atemlos nicken. Zufrieden zog sich sein Brustkorb zusammen und ein schelmisches Lächeln umspielte seinen Mund.

»Dann werde ich ihn dir noch etwas vorenthalten«, sagte er und schob sein Gesicht vorbei an ihrem zitternden Bauchnabel zielsicher zwischen ihre Beine.

»Warum quälst du mich?«

Abrupt richtete er sich auf. Erschrocken sah sie, dass alle Zärtlichkeit von seinen Gesichtszügen gewichen war. Ihr Herz begann zu rasen.

Flucht - befahl ihr Gehirn - unverzüglich! Keinesfalls, protestierte ihr Körper, der jegliche Grenzen bereits überschritten hatte.

Eine unvergleichliche Lust durchzog sie und bescherte ihr eine riesige Gänsehaut. Versprechen und Drohung wechselten sich in den diabolisch blauen Augen ab.

»Für das, was ich mit dir vorhabe, bist du nicht heiß genug«, antwortete er schlicht.

Verdammt, tobte es in ihr. Wie kann er so schnell an meinem Ohr sein und was soll das heißen?

Sofort suchte ihr aufgeschreckter Blick nach den Utensilien neben ihrem Kopf. »Du sagst mir sofort, was du geplant hast!«

Ihre hitzige Reaktion ließ ihn innehalten. Ohne seine Brust anzuheben, folgte er ihren Augen.

»Sobald du bereit für mich bist …«, erklärte er, »… werde ich dich an den Rand der Matratze auf die Knie holen und dich nach vorn überbeugen. Dann fixiere ich den Knebel zwischen deinen Zähnen, während deine Arme zu deiner Sicherheit auf dem Rücken zusammengebunden sind. Du wirst, wegen des Stoffes vor deinen Augen nicht wissen, wann ich dich von hinten nehme.«

Auf seine geradezu nüchterne und nach einem Drehbuch klingende Erklärung entfuhr ihr ein Empörtes: »Das kommt überhaupt nicht in Frage!«

Während sich seine Zunge erneut ihrer empfindlichsten Stelle näherte, zog ein dunkles Lächeln über seine Augen.

»Oh Pia, heute Nacht kommt einfach alles in Frage.«

Wut blitzte in ihren Augen. Noch ehe sie sich wehren konnte, teilte seine Zunge ihre intimen Lippen. Unweigerlich war ihre Mitte seinen sensiblen Künsten ausgeliefert. Ihre Ohren vernahmen ein Wimmern, weit weg, jedoch aus ihrem Mund kommend. Indes vergrub sie ihre Hände in seinem schwarzen Haar, was er zuließ.

»Maik bitte«, jammerte sie.

»Geduld gehört nicht zu deinen Stärken. Daran musst du arbeiten«, zischte er. »Ich will sehen, wie du kommst. Deinen intimsten Augenblick werde ich schmecken und dich auffangen.«

Unbeirrt zog sein fordernder Zungenstrich über ihre aufschreiende Perle. Sie bog ihren Rücken durch. Es gab kein Entkommen aus dem Griff seiner Muskeln.

»Du Teufel«, presste sie keuchend hervor.

Zwei Wörter, denen er mit ebenso vielen Fingern spontan antwortete. Ohne zu zögern stieß er in sie. Schnell und passend zu dem Sturm, der sie erfasst hatte.

Diabolisch, schoss ihr ins Hirn. Was soll das werden?

Es gelang ihm, sie ohne Anstrengung und ohne ihr dabei Schmerz zuzufügen zu quälen. Was immer sie mit derlei Praktiken verbunden hatte, wurde dem, was sie jetzt erlebte, keineswegs gerecht.

Dann gab es kein Zurück mehr. Mehr geht nicht!, befahl ihr flehender Körper. Der heiße Atem des Drachens versenkte ihre glühende Haut und nichts konnte den hartnäckigen, gleichmäßigen Rhythmus aufhalten, der sich über ihre Mitte hermachte.

Bevor sie ihre flatternden Lider endgültig senkte, erhaschte sie im Spiegel einen Hauch seines sinnlichen Vergnügens. Seine Hingabe nahm kein Ende.

Der Raum um sie herum drehte sich. Das erlösende Zucken, was sie durchströmte und dass sie praktisch direkt unter seiner Zunge explodierte, verursachte auf Maiks Gesicht ein triumphierendes Lachen.

»Zum Schutz der Nachbarn, hätte ich dir den Knebel gleich anlegen sollen. Alle Achtung, du weißt wie man genießt. Es ist mir lange keine Frau begegnet, die sich so fallen lassen kann.«

Sein erfrischendes Lachen ließ sie beschämt das Gesicht zur Seite drehen. Außer ihrem Blut, das wie ein Vulkan in ihr brodelte, hatte sie nichts wahrgenommen.

Einige Atemzüge später löste er sich von ihr und schob sie zum Bettende. Ihre Verwirrung nach dem durchlebten Getöse nutzte er, um sie ungestört in die zuvor beschriebene Position zu bringen. Bevor sie sich darüber klar wurde, spürte sie das duftende, weiche Leder zwischen ihren Zähnen.

Vielleicht hätte sie früher daran denken sollen, um überhaupt eine Chance zum Reagieren zu haben. Aber das Brennen in ihrem Unterleib, das so heftig und spontan erneut aufflammte, sagte ihr, dass sie sich nicht wehren wollte.

Sie spürte, wie er ihre Arme behutsam mit dem Stoff hinter ihrem Rücken fixierte. Das Letzte, was ihr Blick wahrnahm, bevor sich die dunkle Seide um ihre Augen schmiegte, waren zärtliche, sie streichelnde Blicke. Das verwirrte sie völlig.

Dann richtete er sie aus. Mit sanftem Druck beugte er ihren Rücken in Richtung Laken. Ein Hauch einer Berührung und sie präsentierte seiner Neugier alles, was sie besaß.

Denken!, befahl sie ihrem Gehirn.

Verkrampfte Muskeln waren die spontane Antwort, die seine zärtliche Stimme zurück an ihr Ohr brachte.

»Nicht nachdenken, Prinzessin! Lass' es zu und vertraue deinem Körper. Ergib dich dem Vulkan. Alles, was geschieht, musst du mit deinen Sinnen erfassen - einfach fühlen.«

Seine Stimme entfernte sich. Es schien eine Ewigkeit zu vergehen, in der er wahrscheinlich nichts weiter tat, als sie zu beobachten. Erneut raste ihr Puls. Weil sie vergaß zu atmen, verkrampfte sie ein weiteres Mal. Nur die zarte Berührung seiner Hand an ihrem Nacken rettete sie vor einer Ohnmacht.

Kapitel 10

Irgendwann übernahmen ihre Sinne das Geschehen. Ihr Gehör versuchte zu ahnen, wo er sich befand. Wieviel Zeit verging, nachdem seine erotischen Worte verstummt waren, konnte Pia nicht sagen. Sie spürte ihn atmen.

Sein Mund berührte ihren Hals. Dann wanderten Küsse, geleitet von sensiblen Fingerkuppen, zwischen ihren gebeugten Schulterblättern über die Rundung ihres Rückens unaufhaltsam dem fiebrigen Becken entgegen.

Sie brannte von Innen. Was auch immer Maik unter dunklem Verlangen verstand, sie wollte einfach nur mehr. Dass sie die erste Grenze quasi im Sturm überschritten hatten, kommentierten seine fordernden Finger, indem sie sich kreisend um ihre Nässe bewegten. Parallel dazu begleitete sein Mund die glänzende feuchte Linie.

Als dieser Teufel damit aufhörte und sich gar von ihr zurückzog, stöhnte sie empört. Dann nahm sie ihn neben ihrem Kissen wahr und erkannte das verräterische Geräusch aufreißender Plastik.

Oh, mein Gott!, dachte sie.

Schon spürte sie seine seidenweiche Kuppe an ihrer Nässe. Dass sie ihn nicht dabei beobachten durfte, wo sie sich doch praktisch von Spiegeln umgeben wusste, war dabei die größte Qual. Dieser Moment war sicher beabsichtigt. Außer dem eigenen heftigen Keuchen konnten ihre überreizten Sinne keinen Ton von ihm erhaschen.

Wie kann er sich derart unter Kontrolle haben? Ist ein so hohes Level gezähmter Lust überhaupt möglich?, versuchte sie sinnierend Maiks Beherrschung zu begreifen.

Noch immer zog er seine Stimulation in die Länge. Rotierende Berührungen, die nur sporadisch ihre Schamlippen trafen, wiegten sie in trügerischer Sicherheit. Alles, was bisher geschah, verstand sie als Ankündigung auf den heftigsten Sex ihres Lebens.

Befände sich nicht das Leder zwischen den Zähnen, sie würde von ihm verlangen, er solle sie endlich nehmen.

Und dann, doch unerwartet - wie aus dem Nichts - stieß er unerbittlich zu. Gleichzeitig formten seine Arme eine fixierende Kette um ihre Hüften. Ohne die hätte sie sein gewaltiger Vorstoß quer übers Bett befördert. Sein Becken arbeitete wie der Kolben einer Dampfmaschine, schnell, unnachgiebig und kräftezehrend. Jeder Muskel in ihrem Körper reagierte. Alle Nervenenden vibrierten wie eine gut gestimmte Harfe. Sie spürte ihn praktisch überall.

Verdammt ist der gut!

Am liebsten hätte sie getobt. Keine Chance. Seine Arme hielten sie wie straffe Seile. Die gehörten eigentlich zum üblichen Repertoire. Vermutlich hatte er nur ihr zuliebe auf sie verzichtet.

Er verharrte, vollkommene Stille. Sie hörte nichts, sie roch nichts - alles, was sie spürte, war seine enorme Größe, die sie bis aufs Äußerste ausfüllte.

Ehe sie bemerkte, was überhaupt vorging, verschwand die Fessel von ihren Armen. Ihre Augen waren wieder frei und Maik hatte sich mit ihr auf die Seite gerollt. Noch immer ruhte er bewegungslos in ihr.

Sie öffnete ihre Augen. Alle Sinne liefen binnen Sekunden auf Hochtouren. Sein donnerndes Herz an ihrem Rücken schlug ebenso wild wie ihr eigenes. Ein feiner Schweißfilm bedeckte seine Arme, die sich, ähnlich einem Kraken, um ihren Leib spannten. Ein leises Stöhnen durchbrach seine schwer gehende Atmung.

Es musste an Schwerstarbeit gegrenzt haben, die eigenen sensiblen Nerven gespannt zu halten, um ihr den Weg in seine dunkle Nähe zu ermöglichen. Ein Gefühl von Zärtlichkeit mischte sich unter die fordernde Lust, die drohte, ihren Brustkorb zu sprengen.

Sie richtete die Augen auf den Spiegel. Das leuchtende Blau wartete auf ihren Blick. Zufrieden senkte er seine Lider. Die Ruhe vor dem Sturm war vorbei. Jeden seiner heftigen Stöße, die durch Härte und Geschwindigkeit ein Mehr unmöglich machten, durfte ihr wilder Blick ungehindert im Spiegel genießen.

Als sie von der Welle eines unglaublichen Höhepunktes fortgespült wurde, riss der voyeuristische Kontakt ab. Sie konnte sich nicht erinnern, dass sie schon einmal so lange gebraucht hatte, um wieder zu Atem zu kommen. Vom Denken ganz zu schweigen.

Derweil hatte er sich mit ihr abermals gedreht, sodass ihr

Kopf nun auf seiner Brust ruhte. Ehrfürchtig streichelte sie die Schuppen des Drachens mit der Nase. Sie sah ihn an und das Lächeln in seinen wissenden Augen sprach von Dankbarkeit.

»Willkommen in meiner Welt«, hauchte er zärtlich.

»Das war unglaublich«, murmelte sie. »Trotzdem vermute ich, es war nicht annähernd in der Intensität, wie du es gewöhnlich bevorzugst.«

Seine Stirn runzelte sich. »Wie meinst du das?«

»Für einen, der mit normalem Sex nicht viel anfangen kann, bist du darin ein echter Experte.«

»Wo hast du denn die Erkenntnis her, ich mag keinen sinnlichen Sex?«

Ihr Blick überzog die beiseitegelegten Spielzeuge. Schmunzelnd küsste er sie und strich einige feuchte Strähnen ihres aufgewühlten Haars zur Seite.

»Ja und nein. Eigentlich mag ich beide Spielarten. Aber du bist eine Frau, die es wert ist, sie über die eigenen Grenzen zu begleiten. Du bist etwas Besonderes. Deine Ehrlichkeit und dein unbekümmertes Wesen haben mich tief berührt. Jede Zelle deines wunderschönen Körpers ist so offen, dass du mir gerade wunderschöne Momente geschenkt hast.«

Pia schluckte. Beinahe hätte sie geweint. Darauf wusste sie nichts zu erwidern. Sie schloss die Augen und verfolgte mit klopfendem Herzen das kräftige Schlagen in seiner Brust, sicher verborgen unter neongrünen Schuppen.

Kapitel 11

Endlich hatten sie sich beruhigt. Maik rief den Zimmerservice. Während sie den guten Tropfen genossen, beobachtete sie ihn ernst.

»Verrätst du mir, weshalb du diesen wunderbaren Körper mit einem Drachen bedeckst?«

»Gefällt er dir nicht?«, fragte er unsicher.

»Klar gefällt er mir. Er ist unglaublich schön. Aber das ist es nicht, was ich wissen will.«

Stöhnend ließ er sich in die Kissen sinken. Seinen Kopf streckte er in Richtung Decke. Jetzt wirkte er sehr verwundbar. Sie schmiegte sich an ihn und streichelte seine Brust. Er begutachtete zunächst seinen Körper und schielte anschließend nach seinem erschlafften Glied.

»Mein Drachen hat einen Namen. Darf ich vorstellen: ‚Kalseru‘ - der Feuerdrache. Er erinnert mich jeden Tag daran, wie wertvoll das Leben sein kann.«

Dann erzählte er seine Geschichte. Durchaus alltäglich und mit einem nicht seltenen Ende. Ein intelligenter Junge, der sich von klein auf einer oberflächlichen und verletzenden Umwelt ohnmächtig ausgesetzt sah, zog sich zurück, um sich in einer von ihm selbst geschaffenen Welt verstecken und überleben zu können.

Erwachsen hatte er gelernt, seine Gefühle zu beherrschen. Dabei verbarg er sie hinter einer Mauer und nutzte seinen Intellekt, die Welt um sich herum passend für seine Bedürfnisse zu lenken. Perfekte Voraussetzungen für unsagbare Einsamkeit. Computerspiele in der Jugend, später ersetzt von Programmiersprachen wurden für ihn zur einzigen Familie, die er kannte. Bis zu dem Tag, als in ihm jegliche Emotion abgestorben war.

Nichts war ihm geblieben. Weder Schmerz, noch Wärme, nicht einmal eisige Kälte und schon gar keine Liebe. Selbst alltägliche Empfindungen waren ihm fremd geworden. Depressionen hatten fortan sein Leben bestimmt.

Vielleicht folgte er einem inneren Impuls. Durch puren Zufall hatte er sich Jahre später länger mit einem ungewöhnlichen Kundenauftrag beschäftigt. Das war der Moment gewesen, als sich ihm die mystische Welt der Feuerdrachen öffnete. Der belanglose Auftrag veränderte sein Leben.

Irgendwann hatte er nur noch ein Ziel. Er musste seine Gefühle wiederfinden. Es bedurfte einer sehr hohen Intensität von Qualen, um zurückzuholen, was er verloren hatte.

Daher die Sehnsucht nach allem Geheimnisvollen und sein Hang zur dunklen Begierde, dachte sie.

»Jeder Nadelstich, der mich ‚Kalseru' näherbrachte, wurde schmerzhafter. Doch es gab keinen anderen Weg, um mich und diesen verdammten Körper endlich wieder zu spüren.«

Eigenartigerweise dachte sie bei allem, was er offenbarte,

zuerst an den pikanten Ort, an dem sich der Drachenkopf des Tattoos befand. Mit einem Schaudern verbot sie sich die Vorstellung daran.

Auf Grund der enormen Aufmerksamkeit bewegte sich ‚Kalseru' zielgerichtet gen Norden. Ähnlich, wie eine Kobra im Korb eines indischen Schlangenbeschwörers, der gekonnt die Pungi spielt. Sein Haupt streckte sich kerzengerade und noch strammer als zuvor, was ihr den Atem verschlug.

Maik verfügte über feine Antennen. Seine Hand übernahm augenblicklich die erneute sinnliche Verführung.

»Möchtest du ihn aus der Nähe betrachten?«

Seine Stimme, die gerade noch der eines kleinen Jungen ähnelte, hatte nun einen dunklen rauen Ton. Für Pia klang das nach einer Einladung. Sie kniete neben seinen kräftigen Oberschenkeln und bestaunte das Kunstwerk männlicher Standhaftigkeit und das nicht allein der strahlenden Farben wegen.

Die feinen Nadelstiche auf der jetzt bis zur letzten Zelle gespannten Haut waren aus der Nähe gut zu erkennen. Jede von ihnen schimmerte in einer anderen Nuance. Sein bestes Stück war von feinen Adern überzogen, dabei perfekt eingebettet im Farbenspiel des gesamten Schaftes. Glänzend, dunkelrot, wartete seine Eichel ungeduldig auf Zuwendung.

Bisher hatte sie nie ein besonderes Verhältnis zu Blowjobs. Meist waren sie einfach hilfreich oder eine praktische Zugabe für einen besonders aktiven Liebhaber gewesen. Aber jetzt leckte sie sich irrigerweise über ihre Lippen. Bereits, als Maik zum ersten Mal so prall vor ihr stand, hatte sie sich vorgestellt, wie sich seine besitzergreifenden Augen verdrehen würden, sollte ihre Zunge flink über die feuchte Rundung zucken.

Sie beugte sich über ihn und noch bevor ihr Mund seinen

zuckenden Schaft berühren konnte, spürte sie seine Hände an ihren Hüften. Er hielt sie zuverlässig, damit ihre Finger sowie die aufgeregte Zunge diesem Meisterwerk möglichst ungehindert huldigen konnten.

Ohne zu wissen, wie lange er sie gewähren lassen würde, befand sie sich in einem berauschenden Tunnel. Still und ohne einzugreifen beobachtete er sie. Dass Maik ihr über einen gewissen Zeitraum die Führung überließ, war vermutlich eine Seltenheit und fand wenig später ein frühzeitiges Ende.

Mit gekonnter Eleganz drehte er sie auf den Rücken. Seine stramme Männlichkeit schwebte nun direkt über ihrer Stirn. Seinem Gesicht gestattete die neue Lage einen freien und ungestörten Weg zwischen ihre Beine. Mit einer einzigen Handbewegung schob er ihr ein Kondom hinunter.

»Falls es eine Grenze ist, die du nicht überschreiten magst. Ich werde jetzt deinen Mund nehmen.«

Das sagte er weder beiläufig noch sinnlich. Vielmehr war es eine Warnung, die sie zum einen erschreckte, aber gleichzeitig in ihrem Körper jeden Nerv abermals entflammte.

Sekunden später senkte sich sein Becken und er schob sich bedächtig zwischen ihre geöffneten Lippen. Das süßliche Kirscharoma des Gummis vermischte sich mit dem betörenden, aphrodisierenden männlichen Geruch, der ihre Nase umspielte.

Geführt von seiner Kraft blieb ihr nichts weiter übrig, als ihre Atmung seinem vordringenden Stoßen anzupassen. Natürlich war es nicht das erste Mal, dass sie einen Mann mit ihrem Mund ins Himmelreich schickte, doch das, was Maik tat, war nichts im Vergleich zu Vergangenem. Um ein Vielfaches intensiver und unglaublich ausfüllender, als sie es je zuvor erlebt hatte. Hinzu kam, dass sie früher immer Herr über ihren Mund geblieben war.

Maik brachte beide in einen perfekten Rhythmus, was ihm nun erlaubte, sich dem glühenden Flehen zwischen ihren Beinen zu widmen. Den Einflüssen aus Mund und Vagina ausgesetzt, konnte sie sich auf keines von beiden konzentrieren.

»Überlass' mir die Führung!«, befahl er.

Wie in einem sich auftürmenden Orkan glitten sie in die sich anbahnenden Orgasmen. Wo sich seine Finger zwischenzeitlich befunden hatten, darüber nachzudenken, erlaubte sie sich nicht. Ohnehin war das Einzige, wofür ihr aufgewühlter und vollkommen ausgepowerter Leib noch fähig schien, sich in seine auffangenden Arme zu begeben und zufrieden ihre schweren Lider zu senken.

»Schlaf', Prinzessin! Ich werde deine Ruhe bewachen und dich vor der Grausamkeit der Welt beschützen.«

Sie konnte im Weggleiten nicht mehr ausmachen, ob die Worte von Maiks Lippen kamen oder aus ihrem Geist. Immerhin waren das die letzten Zeilen seines Bestsellers.

Kapitel 12

Pia schlug die Augen auf. Außer einem Schatten konnte sie kaum etwas erkennen. Er musste das Licht gelöscht haben. Verspielte Umrisse ineinander verwobener Körper schummelten sich in ihre Erinnerung. Der warme gelbliche Schein der runden Leuchten am Bett hatte ihrem Liebesspiel Faszination verliehen. Mit einem schmerzhaften Ächzen kommentierten ihre Muskeln jede ihrer vorsichtigen Bewegungen, mit der sie versuchte, Blut in sie zu pumpen. An ihrem Rücken spürte sie etwas Schweres.

Maik!, frohlockte die Stimme in ihrem Kopf.

Sein Körper fühlte sich unter ihrer tastenden Hand weich und warm an. Ihr Herz stolperte besorgt bei der gefühlvollen Innigkeit, die sie urplötzlich durchströmte. Gegen Derartiges hatte sie sich seit dem Debakel mit Christopher strikt gewehrt.

Die Dinge trennen, hatte sie sich bis heute vehement befohlen.

Nie wieder wird mir ein Mann so nah kommen, dass er mich verletzen kann!, dachte sie.

Nur der Hauch einer Berührung und die Karten wurden neu gemischt. Denn der einzigartige Moment, als er erwachte und sich dicht an ihrer Haut bewegte, öffnete das eiserne Schloss um ihr Herz. Er legte seinen Arm ausgestreckt über ihre Seite und zog sie an sich. Sein muskulöser Oberarm bedeckte schützend ihre erneut empfindlich verhärteten Brustwarzen. Als er sie so hielt, löste sich ihr halbherziger Widerstand in Luft auf.

An ihrem Ohr hörte sie ihn schnurren. Er klang wie ein nach zärtlichen Streicheleinheiten bettelndes Kätzchen.

»Prinzessin«, murmelte er leise. »Alles, was ich besitze würde ich dafür geben, wenn ich jeden Morgen so aufwachen könnte.«

Worte, die ihr gequältes Herz zum Überlaufen brachten. Er hatte ausgesprochen, wonach sie sich tief in ihrem Inneren sehnte. Der Ton seines Säuselns veränderte sich merklich und kündigte das sich schnell nähernde Becken förmlich an.

»Einfach zu verlockend«, raunte er heiß, atmete tief aus, während er behutsam in sie glitt.

Als sie erneut erwachte, strahlte die Sonne durch die weiten Fenster der Suite. Nach dem Wecker schielend, war es sieben Uhr. Das Laken neben ihr fühlte sich kalt an.

Oh Gott, ich vermisse ihn jetzt schon!, stöhnte sie lautlos.

Die betörende Art, wie er sich vor Stunden in ihr bewegt hatte, liebevoll, still und unaufgeregt, brannte noch immer schmerzlich in ihrer Brust.

Ihre erneut suchende Hand, die nach wie vor nur ein leeres kühles Kissen vorfand, wollte es einfach nicht wahrhaben.

Warum ist er gegangen?

Ihre Augen füllten sich mit Tränen. Es war Jahre her, dass sie geweint hatte. Verstohlen verwischte sie mit dem Handrücken ihre Tränen.

Dann entdeckte sie den Saum des hässlichen Cordstoffes. Das Grau wurde zur schönsten Farbe, die Pia je gesehen hatte. Gleichzeitig hörte sie Wasserrauschen. Mit klopfendem Herzen kroch sie ins Bett zurück und zog sich die Decke über ihren zitternden Körper.

Die Badtür öffnete sich und ein warmer Schwall duftender Nebelschwaden begleitete ihn. Mit einem bezaubernden Lächeln musterte er sie. Ganz kurz schlich ein zweifelnder Blick über sein Gesicht. Aber ebenso schnell ersetzte er den durch Sinnlichkeit.

Er trat ans Bett und grinste breit. Ihre Augen wanderten ungeniert an seiner Brust entlang. Bei dem Anblick, den ihr der Drache bot, spannten sich alle Muskeln in ihrem Körper an. Ihr Kummer verblasste.

»Das ist unfair!«, erklärte sie und versuchte dabei kühl zu wirken, was bei dieser Aussicht zum Scheitern verurteilt war.

Maik blickte erst auf sie und dann an seiner Brust hinunter. »Ach so, das meinst du«, sagte er beiläufig. »Was willst du? Ich bin gesund. Es ist früh am Morgen, du bist nackt und wunderschön.«

Jetzt brannten die Eiswürfel seiner Augen auf ihren heißen Wangen. Eine Vorahnung, die brodelnd in ihrem Schoß vibrierte, aber bei ihm nur ein lässiges Schulterzucken auslöste.

»Komm, lass' uns ein Bad nehmen. Ein solcher Luxus schreit danach, genutzt zu werden.«

Ihr Blick klebte noch immer auf seinem, in allen Farben schimmernden, aufragenden Schaft. Dessen hartnäckiger Ausrichtung zum Trotz, tat sein Besitzer, als könnte er kein Wässerchen trüben. Als er sie vom Bett hochzog, schluckte sie laut. Auf seinem Gesicht war klar zu erkennen, wie sehr sie danach lechzte, den stolzen Drachen zu berühren.

»Dein Blick verrät mir, was du jetzt brauchst.«

Er nahm sie bei der Hand und wenig später lehnte sie an seiner Brust. Er hatte sie zwischen seinen Beinen platziert. ‚Kalseru' ragte vor ihrer Scham empor und stieß sanft bei jeder ihrer Bewegungen ungeniert gegen ihren Bauch.

Das Schauspiel ignorierend, bewies er erneut, wie perfekt er seine Lust steuern konnte. Das dampfende Wasser, gepaart mit seinen zärtlichen Händen, verursachten auf ihrer Haut ein heftiges Prickeln. Er nahm das Badeöl und verteilte es sorgsam auf Nacken, Hals und Brüsten bis zu ihren Oberschenkeln.

Genüsslich streckte sie die Beine aus. Das Wasser antwortete darauf mit seichten Wellen, die sich wie Gischt an seinem Schaft brachen. Dann beugte er sich vor und hauchte einen Kuss auf ihr Ohr. Sie schloss die Augen, wobei ihre Hand langsam über seine rosige Kuppe streichelte.

Inzwischen knabberte er an ihrem Hals. Pia genoss seine kraftvolle Umarmung und die Finger, die sanft ihre Brüste massierten. Wenn er dabei ihre harten Warzen streifte, gurrte sie wie eine Taube. Irgendwann schlich er sich tiefer über ihren Bauch zwischen ihre Beine und verwöhnte ihren Venushügel.

Ihrer stillen Kommunikation folgend, reichte er ihr das Tütchen und genoss sichtlich, als sie ihm das Kondom überstreifte. Mit nur einem Handgriff hob er sie an und senkte sie ungezogen langsam hinab. Umgeben von waberndem Wasser, noch immer an seine Brust gelehnt, übertraf seine Fülle in ihr alles, was sie bis zu diesem Augenblick gespürt hatte.

Dennoch war es ihr offenbar nicht genug. Warum? Sie konnte sich das, was sich in ihr aufbaute, nicht verstehen.

Empört hörte sie sich selbst zu. »Ich dachte, du wolltest mir noch etwas anderes zeigen.«

Ohne seine sanften Stöße zu unterbrechen, knurrte er: »Ich weiß, aber dafür bist du noch nicht bereit.«

Offenbar hatte er ihren Einwand erwartet. Seine Antwort kam ziemlich prompt. Hierzu öffnete er nicht einmal die Augen.

»Außerdem haben wir zu wenig Zeit. Du musst lernen, geduldiger zu sein.«

Wie kann er nur so weiter machen und gleichzeitig noch klar denken?

Als hätte sie gerade laut gesprochen, schielte er sie aus einem schmalen Schlitz seiner sich hebenden Lider an, stöhnte gedehnt und hob sie von seiner Erektion. Frech küsste er ihren rosigen Po. Dann schob er sie zum Wannenrand und befahl ihr mit warnendem Ton, stillzuhalten.

Vor Aufregung bebend hörte sie das Klicken der Ölflasche. Ein warmes Rinnsal schlängelte sich über ihre hinteren Rundungen, dem Maiks erfahrenen Hände zielsicher folgten. Routiniert und dabei kräftig zupackend, verteilte er das Öl zwischen ihren Pobacken. Seine Brust schmiegte sich wärmend an ihre Haut.

»Einen kleinen Vorgeschmack bin ich dir offenbar schuldig«, raunte er.

Mit einem druckvollen Kreisen beschäftigte sich sein Daumen mit ihrem zarten Eingang. Dabei studierte er jede Regung, die ihr Körper zeigte. Als sie ihre schmerzenden Knie wahrnehmen konnte, beendete er seine lehrende Zuwendung. Ein untrügliches Zeichen dafür, dass sie dem, was sie von ihm forderte, nicht mehr gewachsen war.

Fürsorglich hob er sie aus dem Wasser, rubbelte sie zärtlich trocken, küsste sie auf die Stirn und verließ das Bad. Pia stand vorm Spiegel und betrachtete ihr Gesicht. Dabei presste sie stöhnend ihre Hände auf den Waschtisch. Allmählich gelangte wieder genug Sauerstoff in ihr Gehirn. Auch wenn sich Enttäuschung und Erleichterung die Waage hielten, wusste sie sehr genau, dass ihr Verlangen auf wackeligen Beinen gestanden hatte. Ihr Stolz würde sie allerdings daran hindern, ihm eine Ahnung hiervon erkennen zu lassen.

In einen weißen Bademantel gehüllt stand sie Minuten später vor der Sitzgruppe. Er hatte sich mit seiner Wäsche ins Eckchen zurückgezogen und war gerade dabei, sein Shirt über den Kopf zu ziehen. Er nahm ihre Hand und holte sie zu sich. Sein Gesicht verschwand in ihrem offenstehenden Mantel. Genüsslich inhalierte er den Duft ihrer Haut.

»Willst du gehen?«, fragte sie.

»Hm, muss ich. Ich habe einen wichtigen Termin. Eigentlich bin ich schon zu spät.«

Der Klang seiner Worte hörte sich unter dem Stoff gedämpft an. Sein Mund war noch nicht bereit, sich von ihren Brüsten zu verabschieden.

»Warum hast du aufgehört?«, sprudelte sie unerwartet hervor.

Er nahm seinen Kopf zurück und sah ihr tief in die Augen. »Wir wissen beide, dass es richtig war, damit zu warten.«

»Wie kannst du da so sicher sein?«

Hilfe, dieses dämliche Shirt!, dachte sie.

Es ließ sie vergessen, mit wem sie es zu tun hatte. Sofort zog er sie zwischen seine Beine und packte ihren Hintern. Für einen winzigen Augenblick erlaubte ihr sein diabolisches Aufblitzen eine Ahnung von seinem Vorhaben. Lust und Furcht waren ebenso schnell zur Stelle, wie seine Hand ein letztes Kondompäckchen aus der Hosentasche hervorzog. Stummen Befehlen folgend, saß sie keuchend auf seinem Schoß.

»Trotzdem«, stieß sie zwischen ihren Zähnen hervor.

Ihre jetzige Position verbot eine so gefährliche Provokation. Dafür würde ihr Körper büßen.

»Ich warne dich Prinzessin, das wird kein zarter Spaziergang!«

Sie musste sich nicht beschweren. Schließlich war sie es gewesen, die ihre sinnliche Zweisamkeit so brüsk beendet hatte.

»Vermutlich muss ich dir noch dankbar sein«, versuchte sie seinem harten Fleisch zu entfliehen,»… dass du auf die Peitsche verzichtet hast.«

Der Ausdruck in diesen Augen ermahnte sie zur sofortigen Flucht. Doch mit der Macht zwischen ihren Beinen, die ihr allein wegen seiner Größe keinerlei Bewegungsfreiheit erlaubte, war dieser Gedanke überflüssig. Seine Arme schlangen sich um sie, wobei er sie unnachgiebig auf sein Becken presste.

Hechelnd erstarb jedes ihrer Worte. Seine Hände wölbten sich gefährlich um ihre Pobacken. Die Blicke verkeilt, so intensiv wie ihre Körper, es gab kein Entkommen.

Jedem seiner heftigen Stöße begleitete ein klatschendes Geräusch, gefolgt von sanftem Streicheln der empfindlichen Haut. Schmerz, Lust - alles auf einmal.

Noch nie hatte sie so empfunden. Sie klammerte sich an ihn, als ginge es um ihr Leben. Erst, als sie schwer atmend auf seiner Brust lag, versuchte sie, ihre Augen wieder zu öffnen.

Maik amüsierte sich unübersehbar. Mit einer Körperlotion linderte er das zarte Brennen auf ihrem Po. Er küsste sie stürmisch.

»Warum, in aller Welt, sollte ich denn eine Peitsche mitbringen? So ein Spielzeug ist mir viel zu unpersönlich. Schließlich will ich deinen bebenden, bezaubernden Hintern unter meinen Händen spüren. Ein Paddle gebrauche ich, wenn überhaupt, bei anderen Gelegenheiten.«

Zehn Minuten später war er bereit zum Aufbruch. Zärtlich zog er sie in seine Arme und küsste sie.

»Danke für die schönen Stunden. Ich hoffe sehr, das waren nicht die Letzten.« Dann löste er sich von ihr.

Bevor er die Tür hinter sich schloss, rief sie: »Hast du nicht etwas vergessen?«, und zeigte auf die Drachentüte.

»Nein, habe ich nicht«, antwortete er liebevoll lächelnd. »Damit stelle ich sicher, dass du beim nächsten Mal vorbereitet bist.«

Er schickte ihr noch einen Handkuss und verließ die Suite.

Kapitel 13

Ihre Schritte fühlten sich an, als wären sie auf Watte gebettet. Sie war die Letzte. Außer Maik, der das Hotel nach ihrem liebevollen Abschied eilig verlassen hatte, waren alle anderen bereits vollzählig versammelt.

Erwin sah auf und verharrte irritiert auf ihrem strahlenden Gesicht. Pia war als Frohnatur bekannt, aber im Augenblick schien ihr Lächeln mit der auf den Tischen spielenden Morgensonne zu konkurrieren.

»Guten Morgen!«, flötete sie ungeniert und begrüßte jeden mit einer herzlichen Umarmung.

Ungezogen grinsend ging sie zum Buffet. Die fragende Blicke im Rücken waren ihr gleich. Jeden an ihrem gerade erlebten Glück teilhaben zu lassen, gehörte zu ihrem Wesen.

»Schätzchen, wie war deine Nacht?«, fragte Erwin mit einem ungezogenen, breiten Grinsen.

»Unglaublich«, antwortete sie ihm, noch breiter lächelnd.

Stille am Tisch. Sie ließ sich davon nicht beirren und genoss ihr Frühstück. Jede Sekunde dieser unbeschreiblichen

Nacht zog hinter ihrer Stirn entlang. Ihr Unterleib horchte auf.

Oh, was für ein Kerl!, dachte sie.

Die drei Augenpaare, die ungläubig an ihren Lippen hingen, ignorierte sie.

Der Erste, der seine Stimme wiederfand, war Simon. »Hast du Maik heute Morgen schon gesehen?«

»Kann sein«, zwitscherte sie vergnügt, ohne von ihrem Teller aufzusehen.

Jetzt stand Erwin endgültig der Mund offen. Wie Tropfen aus einem undichten Wasserhahn rieselte die Erkenntnis in sein Gehirn. Simon lachte erfrischend und wechselte, beim Blick auf Magdalenas gerötete Wangen, galant das Thema.

Als die anderen zum Messegelände aufbrachen, verabschiedete sich Pia von ihnen. Erwin nahm ihren Koffer und begleitete sie zu ihrem Polo. Während er das Gepäck in den Kofferraum hob, schielte er neugierig nach ihr.

»Krieg' dich wieder ein!«, sagte sie grinsend und strich ihm über die schlecht rasierte Haut.

»Habt ihr heute Nacht …?«

Ein wenig peinlich berührt über die eigene Neugier, hielt er inne.

»Ich nicht«, antwortete sie geheimnisvoll. »Er hat!«

Das ließ sie einfach so stehen, wie Erwin, der scheinbar gerade aus allen Wolken fiel.

»Das ist nicht dein Ernst. Ehrlich Pia, ich kenne dich und dein heißes Blut. Aber Maik ist …«

Sie schloss die Wagentür, ließ die Seitenscheibe herunter und sagte lachend: »Der unglaublichste Liebhaber, den ich jemals hatte. Dafür werde ich dir bis in alle Ewigkeit dankbar sein.«

»Du willst mich doch verarschen!«

»Keineswegs, mein Lieber«, sagte sie und schüttelte grinsend den Kopf. Dann fuhr sie los. Bis sie auf die Hauptstraße einbog, beobachtete sie ihn im Rückspiegel.

»Du hast ja keine Ahnung«, murmelte sie.

Das heftige Kribbeln im Bauch wurde stärker.

»Warst du erfolgreich?«, fragte Lisa, die sich mit fragendem Blick neben Pia setzte.

Statt nach Hause zu fahren, hatte sie ihre Freundin um ein Treffen gebeten. Sie musste jemandem von ihrem Abenteuer erzählen. Was sie vor allem brauchte, war ein Rat. Kein Schimmer zu haben, was diese Stunden in ihr auslösten, hatte sie völlig überrumpelt.

Stöhnend nahm sie ihre Kaffeetasse und schickte abwesend ihren Blick über die moderne Ausstattung von Lisas Wohnzimmer. Im Gegensatz zu Pia, pflegte die einen Hang zum Extravaganten. Die Dinge in ihrer Umgebung mussten stylisch, hip und stets angesagt sein. Bloß nichts Altes, war ihre Devise.

Obwohl sie Pia mehrfach ermahnt hatte, sich endlich den Mann fürs Leben zu suchen und eine Familie zu gründen, dachte sie selbst niemals daran.

Aber Lisa kannte sie genau. Sie war sich darüber im Klaren, wie sehr sich Pia nach etwas Verlässlichem in ihrem Leben sehnte.

»He, ich habe dich etwas gefragt!«

Lisa hatte offenbar eine Vorstellung von dem, was an diesem Wochenende geschehen war.

»Allerdings«, antwortete Pia endlich.

Der überschwängliche Ton ließ Lisas Augenbrauen nach oben schnellen.

»Er hat mit mir geschlafen«, ergänzte sie schlicht.

Lisa starrte erst ihre Tasse an, drehte dann langsam ihren Kopf und lachte herzhaft. Die Tatsache, dass Pia ungeplant die Nacht mit einem Mann verbrachte, gehörte zu ihr, wie die braunen Augen. Nur, hierbei lag die Betonung auf 'Er', was klar kundtat, wer dabei das Zepter in der Hand gehalten hatte.

Pia hob ihre Hände. Doch schneller als die Verwunderung, überfiel Lisa die Neugier.

»Los, erzähl'!«, befahl sie. »Lass' dir doch nicht alles aus der Nase ziehen.«

Pia prustete los und streichelte ihre Hand. »Weißt du, du wirkst beinahe so aufgeregt wie ich während der halben Stunde, die ich auf 'Kalseru' warten musste.«

»'Kalseru'?«, fragte Lisa mit gekräuselter Stirn.

»Hm, 'Kalseru', so heißt sein Drachen und was soll ich sagen, am aufregendsten ist sein Kopf. Der empfängt deine Zunge mit seinen glühenden Augen, bevor du ihn verwöhnen kannst.«

Fassungslos betrachtete Lisa ihre Freundin. »Eh, wenn du nicht augenblicklich von vorn beginnst ...«, tobte sie ungehalten, »... dann bist du die längste Zeit meine beste Freundin gewesen!«

Anschließend rutschte sie nervös auf ihrem Stuhl herum und hielt sich krampfhaft an dem inzwischen leeren Kaffeepott fest.

Während Pia ihr jede noch so kleine Szene beschrieb, stand Lisa der Schweiß auf der Stirn.

»Vielleicht solltest du es zur Abwechslung auch mal mit einem Mann versuchen?«, frohlockte Pia, als sie mit ihrem Bericht am Ende war.

»Ich kann mich beherrschen!«, zischte sie aufgebracht. Dann sah sie Pia in die Augen. Mit strengem Ton sagte sie: »Du vermisst ihn.«

Unerwartet meldete sich ihr Herz. Ihre Augen wurden glasig. Wortlos legte Lisa den Arm um sie und wartete, bis der Strom der Tränen allmählich versiegte. Dabei streichelte sie ihr übers Haar.

»Du hast dich verliebt«, flüsterte sie ihr ins Ohr. »Schatz, manchmal tut Liebe weh. Bei euch bin ich aber ziemlich sicher, dass diese Geschichte noch nicht zu Ende ist.«

»Wie kannst du das wissen? Er hat nicht mal nach meiner Nummer gefragt«, schniefte sie.

»Oh, ha, dich hat es aber erwischt. Weißt du eigentlich, wie vielen Typen du genau das verwehrt hast?«

Hilflos zustimmend hob Pia nur ihre Schultern.

»So wie ich das sehe, hat Maik euer Zusammentreffen geplant oder sich wenigstens gewünscht. Warum sonst sollte er diverse Spielsachen dabeihaben? Außerdem hat er darauf bestanden, dass du seine Messepartnerin bist.«

»Aber warum ich?«

»Kann ich dir nicht sagen. Rufe Erwin an und bitte ihn um Maiks Nummer. Dann fragst du ihn einfach.«

Allein das Wort 'einfach' klang für Pia nach reiner Utopie. Sie war in den vielen Jahren so sehr damit beschäftigt gewesen, sich bloß nicht zu verlieben, sodass sie sich dem, was sie nun überrollte, nicht gewachsen fühlte.

Während Pia vor Verzweiflung nicht wusste wohin, spielte Lisa mit einer Haarsträhne und lächelte verstehend.

»Denke nicht weiter darüber nach.«

Sie stand auf und ging in die Küche. Als sie mit einer Flasche Wein in der Hand zurückkam, starrte Pia sie entgeistert an.

»Du bleibst heute Nacht bei mir!«, befahl sie. »Nur zur Sicherheit. So lasse ich dich nicht gehen. Im Augenblick muss ich dich eher vor dir selber beschützen.«

Lisa tätschelte ihr aufmunternd die Hand, füllte die Gläser und war vermutlich schon zufrieden, dass sie nicht protestierte.

Kapitel 14

Samstagnachmittag, zwei Wochen nach der Messe, betrat Pia die kleine Buchhandlung. Für gewöhnlich begann sie hier jede Lesereise. Der Laden war schlicht, kaum wahrnehmbar, aber mitten im Kiez gelegen. Dazu mehr als angesagt. Das traute man dem kleinen Lädchen nicht zu.

Pia war immer wieder gern hier zu Gast. Ein Honorar war nicht zu erwarten. Das schmale Budget des Inhabers erlaubte es nicht. Ihr war es nicht wichtig. Sie genoss die Fürsorge des Teams.

In den engen Reihen saß ein Schmelztiegel einer durch und durch gut informierten Leserschaft. Echte Kenner eben. Jeder mochte 'Herders - Lesestübchen'. Vor zwei Jahren hatte sie den kleinen Laden entdeckt, als sie nach einem ausgefallenen Geschenk suchte. Vergleichbar mit ihrer speziellen Persönlichkeit, verhielt sie sich auch als Kundin eigensinnig. Der engagierte Ladenbesitzer war nicht die Spur genervt gewesen. Seit diesem Tag kam sie immer wieder gerne in das Bücherstübchen.

Eine herzliche Begrüßung und das Gefühl, nach Hause zu kommen, umspielte sofort ihr Herz. Das war wie ein verwundetes Tier in den vergangenen Tagen mehrfach in ihrer Brust schmerzlich zusammengeschrumpft. Wann immer hinter ihren Augen die blauen Eiszapfen zum Vorschein kamen, spürte sie ihren Puls rasen. Besonders schlimm waren die Nächte. Jede Sekunde des erlebten Abenteuers ließ ihr Gehirn aufflammen. Keuchend aufzuwachen, gehörte inzwischen zum Alltag.

Lisa forderte sie permanent dazu auf, Stolz und Angst zu überwinden. Tatsachen mussten geschaffen werden, darauf pochte die Freundin mit Recht. Bis zum jetzigen Augenblick war Pia unfähig, auch nur irgendetwas in dieser Richtung zu unternehmen.

Allmählich füllte sich der Raum. Ein aufgeregtes Geschnatter durchzog die kleine Fläche vor ihrem Tisch. Beengt und beinahe zum Berühren nah saß man sich gegenüber. Damit hatte Pia noch nie ein Problem gehabt. Leider konnte Lisa heute nicht an ihrer Seite sein.

Tief atmend setzte sie sich und sah in die Runde. Plötzlich fühlte sie sich beobachtet. Freilich waren viele neugierige Augenpaare gespannt auf sie gerichtet. Wogegen ihr suchender Blick niemanden der Anwesenden erkannte. Aber das war nicht die Ursache für ihre sich nervös zusammenziehenden Muskeln. Verwirrt rieb sie ihre Stirn und hob die Augen.

Leide ich neuerdings unter Verfolgungswahn?, dachte sie.

Sie konnte nichts Ungewöhnliches ausmachen. Dann senkte sie ihren Blick. Vor lauter Benommenheit lief sie Gefahr, nicht ein einziges Wort herauszubringen.

Ihre Knie zitterten verräterisch. Sie fühlte sich schutzlos und verwundbar. Plötzlich durchbohrte ein eisblauer Blick ihre Augen. Sie war so perplex, dass ihre Stimme tatsächlich versagte. Ein vorsichtiger Hauch von Hoffnung zog ihr ins Herz.

Erkennen! Leuchtendes, liebevolles Blau strahlte ihr entgegen.

Offenbar hatte er emotionslos und geduldig gewartet, bis sie bereit war, den sensiblen Sensoren ihres Körpers zu vertrauen.

Schnell kehrte die alte Pia zurück. Sie räusperte sich und schmunzelte. Dann streckte sie den Oberkörper und reckte mutig ihr Kinn. Ohne noch einmal die Augen von seinem Blau zu nehmen, begann sie.

»Guten Abend!«

Zunächst stellte sie sich vor und bedankte sich bei ihren Gästen und Herrn Herder für das Vertrauen. Statt wie gewohnt mit dem Lesen zu beginnen, sagte sie: »Wir haben heute in unseren Reihen einen Ehrengast. Darf ich Ihnen vorstellen, Maik Wimmer - Bestsellerautor und mein bester Freund!«

Maik zog schmunzelnd die Augenbrauen hoch und tat beschämt. Die 'Ahs und Ohs' neben sich wies er als unangenehm von sich. Aber Pia war noch nicht fertig.

»Vielleicht möchte uns Herr Wimmer heute Abend etwas über sich erzählen. Mit etwas Glück können wir ihn anschließend überreden, ein paar Zeilen aus meinem Buch zu lesen.«

Ihre Ankündigung sorgte bei den anwesenden Gästen für Begeisterung. Rote Flecken breiteten sich auf den Wangen ihres Gastgebers aus. Das spontane Auftauchen eines sehr bekannten Autors verlieh seinem Geschäft einen besonderen Glanz.

Maik erhob sich und ging langsam an den Leuten entlang. Er trug eine dunkle Stoffhose und ein braunes Shirt mit einer Comic-Figur, die Pia nicht kannte. Auf die Nickelbrille hatte er verzichtet, ebenso wie auf die Jesuslatschen.

Mit einem verführerischen: »Schön, dich zu sehen«, beugte er sich zu ihr und strich ihr kaum merklich mit dem Kinn, das ganz klar unrasiert war, über die Wange.

Als sich ihre Augen ineinander verhakten, hegte sie den Wunsch, einfach alles stehen und liegen zu lassen, um dann mit Maik in die Nacht zu verschwinden.

Auf einem Klappstuhl, den der Buchhändler eilig zurechtgerückt hatte, nahm er Platz und schaute grinsend in die Menge. Wie damals, übernahm er auch jetzt unaufgefordert die Führung. Warum sich Pia so schnell darauf einstellen konnte, erklärte seine Hand, die sich beruhigend um ihre Finger wölbte.

Nachdem Maik ein wenig von sich preisgab, nahm er ihren Roman in die Hand. Er blätterte zunächst unverschämt schmunzelnd, ehe er eine passende Stelle fand.

»Was möchten Sie denn hören?«, fragte er und hob seinen eisblauen Blick an.

Mit dem Lachen der Leute öffnete er das Buch. Pia lehnte sich zurück. Staunend lauschte sie dem sinnlichen Ton. Binnen Sekunden zog er die Zuhörer in seinen Bann. Es war so still, eine fallende Stecknadel wäre ohrenbetäubend laut gewesen. Als er aufsah, zog sein dunkler Blick über die erste Reihe hinweg. Ein verstecktes Stöhnen genügte ihm möglicherweise. Lächelnd wandte er sich erneut dem Text zu.

Pia erlebte, wie er mit ihrem Publikum spielte. Seine äußere Erscheinung hatten alle längst vergessen. Das unbedarfte

Gesicht und der ungeschickt gewählte Kleidungsstil standen im krassen Gegensatz zu den Augen und der erotischen Stimme.

Dann war die Lesung vorbei. Begeisterter Beifall zog durch die kleine Buchhandlung. Nicht eine einzige Silbe hatte sie dazu beigetragen. Maik zu unterbrechen, empfand sie als ungezogenen Fauxpas. Der Buchhändler war voll des Lobes und bedankte sich euphorisch. Mit dem letzten Wort hatte sich Maik erneut in den arglosen Jungen verwandelt.

Pia spürte jeden seiner Wimpernschläge an ihrem bebenden Nacken. Als sie hinausgingen, nahm er ihr den Karton ab und verabschiedete sich höflich von den letzten Gästen.

»Mein Honorar nehme ich gern in Naturalien entgegen«, raunte er dicht an ihrem Ohr.

Dabei schaute er so unschuldig wie ein Welpe, der nach seiner Mutter sucht.

Rasender Puls und feuchte Haut ließen Pia kaum noch eine Chance zu atmen. Dass er das wörtlich meinte, sagten ihr die teuflischen Augen, die ihr tief unter die Haut blickten.

»Wo steht dein Wagen?«, fragte er unbeeindruckt von dem vollen Rot, mit dem ihr Blut die Wangen färbte.

»Da vorn! Ähm …«, murmelte sie aufgeregt, »… darf ich dich zu mir auf ein Glas Wein einladen?«

Pia kam sich allmählich vor wie ein unerfahrener Teenager. Maik grinste zufrieden, gab ihr einen sanften Kuss und ging zu seinem Auto. An der Tür drehte er sich um.

»Ich dachte schon, du fragst niemals.«

Kapitel 15

Als sie die Haustür öffnete, kannte die Aufregung keine Grenze. Schweigend ging sie vor ihm die Treppe hinauf.

Maik hatte klar ja gesagt und sie kannte ihn gut genug, um zu wissen, dass er seine Entscheidung nicht rückgängig machen würde. Ganz sicher bemerkte er, wie sich ihre Brust unter der hellen Bluse hektisch hob und senkte.

Nervös kramte sie nach dem Schlüssel. Maik hielt ihr die Tür auf. Sie drehte sich zu ihm und wollte etwas sagen. Das vergaß sie, weil er die Tür mit dem Fuß zuschob und dabei seine Arme um ihr Taille schlang. Alles, erneut mit einer Leichtigkeit, die sie umgehend kopflos machte.

Er küsste sie heftig, wobei er ihr eine Hand besitzergreifend in den Nacken legte. Mit der anderen, führte er ihre Finger zielsicher über seinen gewölbten Schritt.

»Hast du eine Ahnung, wie sehr er dich vermisst hat?«, knurrte er gefährlich.

Es war schon verwunderlich, dass ihr auf diese mehr als deutliche Ansprache überhaupt etwas einfiel. Trotzdem kam ihr: »Oh, das kann ich sehr gut verstehen«, nicht so dämlich rüber, wie sie es zunächst befürchtete.

Entschuldigend fuhr sie ihm durchs dunkle Haar, während er die Knöpfe ihrer Bluse gefunden hatte. Dann löste er sich von ihr, trat etwas zurück und folgte ihr durch den Flur in die Küche.

Das einfallende Licht strahlte über ihre rustikalen Küchenkommoden und warf auf das Holz verspielte Schatten. Er sah sich erstaunt um.

»Zeig' mir, wie du wohnst.«

Zunächst schaute sie ihm intensiv in die feurigen Augen. Dann nahm sie ihn bei der Hand und ging zurück in den Flur.

Der schmale Raum mit schlichten Fliesen am Boden und einer zarten, kaum wahrnehmbaren Holz-Garderobe bestach durch einen riesigen Spiegel gegenüber der Tür. Maik stand mit aufgerissenen Augen hinter ihr. Sein unanständiger Blick raste ihr über die Haut.

Noch bevor sie seine ruchlosen Hände spürte, die halb verdeckt vom Schatten des Kronleuchters unter ihrem schwarzen Rock verschwanden, stöhnte sie.

»Zieh' bitte die Schuhe aus«, murmelte er. Augenblicklich schob sie die Pumps beiseite. »So ist es besser«, raunte er sichtlich zufrieden und kniff ihr heftig in den Hintern.

Ihr Unterleib bekam spontan ein Eigenleben, was sie in seinem lüstern aufblitzenden Blick wiedererkannte.

»Ähm«, räusperte sie sich. »Ich verbringe zwar gern meine Zeit vor diesem Schmuckstück, dennoch wohne ich nicht vor ihm.«

Maik grinste. Mit einem: »Schade«, ließ er sich von ihr in die Wohnung ziehen. Ein anerkennender Ausdruck zeigte sich unweigerlich auf seinem Gesicht. Bedächtig drehte er sich zwischen ihren Wänden. Seine Erwartungen schienen sich gerade zu bestätigten.

Pia liebte nicht nur besondere Männer, sondern auch eine Atmosphäre, die ihrem entzückenden Wesen schmeichelte. Diese Frau unterschied sich klar von allen Menschen, denen er bisher begegnet war. Seit ihn Erwin mit Pia konfrontierte und er sich neugierig auf ihrer Webseite umsah, verfolgte ihn dieses Gesicht. Diese Augen versorgten ihn mit Hoffnung.

Den Beweis für das Gefühl, mit ihr möglicherweise die Richtige gefunden zu haben, in jedem Möbelstück vorzufinden, gefiel ihm immer mehr. Noch wagte er es nicht, ihr das offen zu zeigen. Bevor er sich nicht ganz sicher war, dass die Befürchtung, Pia auf Grund seiner dunkelsten Abgründe verlieren zu können grundlos war, musste er beharrlich abwarten. Immerhin war er ein Mann, der die Geduld geradezu gepachtet hatte.

Ebenso, wie die Frau vor seiner Nase, mochte er die Aussicht aus den Fenstern ihrer bezaubernden Bleibe. Offen, frei und mit Weitsicht - eben wie Pia.

Im Wohnzimmer waren die Schatten vor den Fenstern dunkler als in der Küche. Hier standen die Bäume ein wenig zu dicht am Haus.

Plötzlich spürte sie ihn erneut hinter sich stehend. Sein Atem an ihrem Hals hauchte hinunter über den Rückenteil der offenen Bluse. Ähnlich, wie einst den Spitzenstoff des Höschens, zog er ihr die Seide mit den Zähnen langsam und vorsichtig von den Schultern. Als die raschelnd zu Boden fiel, wurde sein Biss heftiger.

Ihr Unterleib zog sich so abrupt zusammen, dass ihr Stöhnen diesmal einem dumpfen Laut glich, der tief aus ihrer Kehle kam. Sie wimmerte unter seinen Zähnen und schob sich mit dem Po dichter an die Beule in seiner Hose.

Er sendete einen staunenden Rundumblick über die Möbel. Sofas, der Tisch, selbst die edlen Vitrinen erinnerten ihn an seine viel zu kurze Kindheit.

Diese Frau hat Geschmack, dachte er, wobei seine Erektion inzwischen einigermaßen unbequem unter dem Hosenstoff spannte.

Kurzerhand öffnete er den Reißverschluss und verschaffte 'Kalseru' die von ihm verlangte Freiheit.

Pias weibliche Rundungen zeichneten sich verlockend und einladend unter dem rosa Hemdchen und dem Rock ab.

»Still halten!«, befahl er und bemerkte zufrieden das Zusammenzucken ihrer Rückenmuskulatur. Er tastete nach dem Verschluss und streifte den Rock über ihre Hüften. »Hast du Kondome?«, fragte er beiläufig.

»Fragst du einen Kneiper, ob er Bier im Hause hat?«

Das kam reichlich unpassend, aber eindeutig von Pia. Er stutzte kurz und dann tönte ein tiefes, geradezu schmutziges Lachen über die Wände. Es gab den kommenden Stunden ein eindeutiges Versprechen. Mit seinem diabolischen Grinsen bat er sie, ihm noch einmal zum Spiegel zu folgen.

»Öffne deinen BH.« Seinen blauen fordernden Blick noch immer auf das Glas gerichtet, raunte er: »Langsamer!«

Oh, diese Stimme, dachte sie.

Das Zittern ihrer Finger bekam sie nicht mehr in den Griff, als sie die Träger des BHs ungeschickt nach unten beförderte. Sie warf einen flehenden Blick in den Spiegel, was seine Mimik prompt verdunkelte. Ihre Hände lagen über ihren Brüsten.

»Nimm die Hände weg und lege sie an deinen Slip!«

Gott, ich liebe seine unheimliche Seite!, schienen ihre Augen zu sagen. Doch sie bemerkte nicht, dass sie dabei ihre Lippen bewegte.

»Ich weiß Pia! Irgendwann lasse ich dich in ihr versinken.«

Sie wusste nicht, dass sie laut gedacht hatte. Trotzdem folgte sie seinen dominanten Anweisungen.

»Du bist unheimlich schön«, sagte er leise und zog mit nur einer Hand sein Shirt über den Kopf. Anschließend verschwanden seine Hosen von den Beinen. Sie standen noch immer hintereinander vorm Spiegel und beobachteten sich in gespenstischer Ruhe.

»Berühre dich! Bewege deine Hand über und in deinen Slip. Verwöhne dich. Ich möchte, dass du mir dabei ins Gesicht siehst. Du sollst erkennen, was dein perfekter Körper bei mir auslöst.«

Das kribbelnde Spiel entsprach Maiks erotischem Sinnen und vermittelte ihr eine winzige Ahnung von seiner dunklen Gefühlswelt.

Er weiß, was er tut, dachte sie.

Nicht ohne Grund dosierte er seine besonderen Vorlieben. Sie zu verleiten, sich auf ihn einzulassen, lag ganz klar in seiner Absicht. Sich ihm ganz allmählich seinen Sehnsüchten anzupassen und von sich aus um Erlösung zu flehen, gehörte sicher dazu. In ihr wuchs der Wunsch, er würde sie bis an den Rand erträglicher Lust führen. Selbst wenn er es genießen würde, wenn sie loslässt.

Ihre Haut war weich wie Seide. Mit leisem Stöhnen schmiegte sie sich an die Neonfarben seiner Brust, während ihre Hand die eigene Nässe eroberte. Kreisend fuhr sie auf und unter dem Stoff entlang, der seinen inzwischen fast anthrazitfarbenen Pupillen einen wirklichen Einblick verbot.

Entsprechend heftig tobte sein praller schmerzender Schaft an ihrem Oberschenkel. Seine Blicke beobachteten flackernd Pias Brustwarzen, die zwischen ihren flinken Fingern rot und aufrecht hervorlugten. Dass die andere Hand, aufreizend in ihrer Mitte verschwand und sie es mit einem frechen Lächeln kommentierte, trieb ihn jetzt schon in den Wahnsinn.

Kurzerhand wich er von ihr zurück und knurrte: »Wo ist dein Schlafzimmer?«

Er betrat nach ihr den Raum. Es roch nach frischer Luft und süßem Blütenstaub der Bäume vor dem offenstehenden Balkon. Als er so dastand und liebevoll seinen Blick fast ehrfürchtig über die Wände und feinen Gardinen schickte und dann am dezenten Braun ihrer Bettwäsche verharrte, wusste er, dass sie vor Sehnsucht verging.

»Was hast du?«, fragte sie vorsichtig, öffnete die Badezimmertür und stand wenig später neben ihm. Sie schob ihm die Kondompackung in die Hand. Ein kurzer Blick in seine Augen genügten ihr vermutlich, um an eine aufregende Nacht zu glauben.

Er riss sich von ihrer Einrichtung los und beförderte sie mit einem Schubs aufs Bett. Sofort thronte er über ihr und sein Mund traf ihre Lippen. Ihre Zunge fiel über ihn her, als wäre sie am verhungern. Es hatte etwas Animalisches. Keinerlei Zärtlichkeit, maßlose Leidenschaft und ungezügelte Lust.

Ob sie sich sonst ebenso aufführte, entzog sich seiner Kenntnis. Angesichts ihrer freizügigen Gewohnheiten durchaus kein Widerspruch, eher wahrscheinlich. An diesem Abend gelang es selbst ihm nicht mehr, Herr über seine unkontrollierte und fahrige Natur zu werden.

Dennoch schob er die Seide ihres Slips langsam beiseite und ließ einen seiner Finger in sie hineingleiten. »Du bist die pure Versuchung«, flüsterte er und knabberte rau an ihrem Halsansatz.

Mit festem Griff zog er ihren Körper über die nach Jasmin duftende Bettdecke. Pia begann zu keuchen. Als sich sein zweiter Finger stoßend den Weg in ihr Innerstes bahnte, wurde daraus ein bettelndes Wimmern. In einer derartigen Geschwindigkeit hatte er sich beileibe noch kein Kondom übergezogen. Ebenso eilig verschwand ihr Höschen von der zitternden Haut.

Bisher zog er es vor, einen solchen Augenblick bis ins Detail auszukosten. Ihre Schönheit vor den gierigen Augen, sie damit während der Lesung schwer atmend neben sich zu sehen, die knisternde Stimmung im Publikum, die die eigenen erotischen Klänge verursacht hatten, all' das sorgte jetzt dafür, dass sein Körper ihm die Regie abnahm. Seinen Gewohnheiten erlaubte der allenfalls noch, als Zaungäste anwesend zu sein.

Sie lag noch immer hektisch atmend aber völlig regungslos unter seiner Brust. Ein heißer Blick, eine Millisekunde nur und er erfasste seinen steifen Penis und stieß mit nur einer einzigen schnellen Bewegung in sie. Ihr nach Luft ringender Aufschrei, der ihn normalerweise besorgt innehalten lassen würde, zerriss die Stille. Doch dieser Moment hatte nichts

Normales an sich. Obendrein hätte er dafür in der Lage sein müssen, wenigstens einen klaren Gedanken fassen zu können. Meilenweit davon entfernt reagierte in ihm stattdessen nichts, als besitzergreifende Lust.

Er spürte ihre Fingernägel, die sich in seinen Rücken gruben. Pia versuchte verzweifelt, an seiner Haut Halt zu finden. Dabei murmelte sie etwas mit verdrehten Augen. Nichts davon konnte er verstehen. Das Rauschen seines wilden Blutes schallte heftig in seinen Ohren.

Sekunden bevor er in ihr explodierte, fühlte er es. Ein Augenblick, so unglaublich erregend, aber gleichzeitig empörend für seinen Stolz. Zu keiner Zeit hatte er derart die Beherrschung verloren und dabei die Frau, die er liebte, unbefriedigt zurückgelassen. Das war ihm noch nie passiert. Es ging so schnell, am liebsten hätte er sich vor der Peinlichkeit verkrochen.

Für den Moment unfähig sich zu bewegen, streckte er alle Gliedmaßen aus und begrub Pia förmlich unter sich. Als er seine Augen stöhnend öffnete, suchte er ihren Blick und schob sich auf seine Ellenbogen. Sie wirkte verstört und unheimlich verletzlich. Oder bildete er sich das ein? Für ihn waren diese ganz besonderen Minuten ebenso Neuland, wie für sie. Dem bedauerlichen Geschehen zum Trotz empfand er die Situation aufregend, wenn ihn auch das schlechte Gewissen plagte.

Er verzog sein Gesicht. »Tut mir leid. Wie kann ich das wieder gutmachen?«

Sie streichelte ihn sanft und flüsterte noch immer nach Atem ringend: »Zunächst einmal damit, dass du mir etwas mehr Platz zum Luftholen lässt.«

»Oh«, nuschelte er errötend und rollte sich neben ihren

Körper.

»Es gibt Schlimmeres und darüber hinaus weiß ich jetzt, dass du kein Supermann bist. Das hat mich nämlich verschreckt. Eine so unglaubliche und obendrein dominierende Beherrschung kannte ich bisher nicht. Damit sind wir quitt.«

Sie grinste frech, fuhr ihm mit einer Hand durchs Haar und zog ihn auf ihren Mund.

Er ließ sich ihren heftigen und besitzergreifenden Kuss gefallen und das nicht nur, weil es ihn erregte. Schließlich war er ihr den irgendwie schuldig.

Dann lagen sie eng zueinandergedreht und sahen sich zärtlich an, während die Finger über die Haut des anderen streichelten. Noch schob sie ihre Hand ganz bewusst nicht tiefer, als bis zu seinem Bauchnabel. Noch wollte sie den Jungen, der sie mit zerknirschter und unschuldiger Mimik anblickte, genießen. Dass ein solcher Fauxpas nicht noch einmal vorkommen würde, darüber musste sie nicht erst nachdenken. Dabei hatte sie Ähnliches auch in der Vergangenheit erlebt. Sex ohne Orgasmus war durchaus nicht selten gewesen und kein Weltuntergang. Im Gegensatz zu dem sich grämenden Mann neben ihr war das so manchem früheren Liebhaber nicht einmal aufgefallen. Außerdem wusste sie, dass es wohl nur eine Frage der Zeit war, wann ’Kalseru’ erneut einsatzfähig sein würde.

Schneller als gedacht und vom Ehrgeiz seines Besitzers angetrieben, folgte der schon bald seiner erwarteten Bestimmung. Gleichzeitig kehrte das gefährliche Funkeln in seine Augen zurück.

»Pia, wo hast du die Spielzeuge?«

Mit einem frechen Lachen meinte sie: »Da habe ich doch glatt vermutet, die hättest du inzwischen vergessen.«

Sie zeigte auf die Mahagoni-Kommode neben der Badezimmertür. Blitzschnell sprang er aus dem Bett und kniete anschließend breitbeinig vor ihr mit dem feinen Stoffband in der Hand und verlangte nach ihren Armen.

Mit zusammengekniffenen Augen hielt sie ihm ihre Hände hin, die er geschickt zusammenband. »Über den Kopf!«, befahl er.

Sein Ton, sowie die aufblitzenden blauen Sterne, verursachten auf ihrem Körper ein Erschauern. Zufrieden knurrend nahm er die gewünschte Wirkung seines Befehls zur Kenntnis.

»Wirst du mir irgendwann mehr von deinen dunklen Geheimnissen zeigen?«, fragte sie plötzlich.

Es schien, als hätte er ihre Frage nicht gehört. Seine Lippen flogen spielerisch leicht über ihre Kehle hinweg, hinunter bis zu ihren Brustwarzen. Langsam zog er sie zwischen seine weißen Zähne und begann sanft mit der Zunge um sie zu kreisen.

Wie entfesselt bäumte sich ihr Oberkörper auf. Ihr Stöhnen klang dabei noch um einiges tiefer als bisher.

Für einen Augenblick hob er seinen Kopf und sah ihr in die Augen. »Ja, wenn du gelernt hast zu vertrauen.«

Anschließend ruhte seine Zunge bewegungslos über ihrem Warzenhof, was sie völlig verrückt machte.

»Himmel, Maik!«

Trotz der Fessel um ihre Handgelenke wuselte sie ihm durch seine Haarsträhnen.

»Und du Geduld geübt hast«, beantwortete er ihren ärgerlichen Blick.

Seelenruhig züngelte sich sein Mund um ihren Bauchnabel. Mit Hilfe seiner durchtrainierten Brustmuskeln verwehrte er ihr jegliche Initiative.

»Hm«, knurrte er und schob ihre Hände, die einfach nicht an dem von ihm befohlenen Platz bleiben wollten, unwirsch nach oben. »Außerdem müssen wir uns vorher zwingend über ein anderes Bett unterhalten.«

Der Ton eines strengen Oberlehrers zeigte augenblicklich Wirkung. Er gab ihren Körper frei, löste die Fessel und legte sich neben sie auf die Seite, stützte sich dabei leger auf seinen Ellenbogen und griente frech. Dass er ihre Lust, nun zum zweiten Mal bis aufs Äußerste nach oben schnellen ließ und sich abermals entfernte, machte sie rasend. Seine Fingerkuppen führte er in kleinen Kreisen mit zartem Druck über ihre hart nach oben ausgerichteten Brustwarzen.

Sie sollte das Ganze als Bestrafung für ihre andauernde Ungeduld verstehen. Jetzt beherrschte dieser Teufel sein Begehren. Am liebsten würde sie sich auf ihn stürzen.

»Was ist denn mit meinem Bett nicht in Ordnung?«, stieß sie atemlos hervor.

»Es ist nicht geeignet für eine Frau, die immerzu gegen meine Anordnungen verstößt. Wenn du in meine Welt wirklich eintauchen willst, dann musst du meinen Regeln bedingungslos gehorchen.«

»Was für Regeln?«, krächzte sie wütend.

»Es gibt nur eine. Du tust das, was ich dir sage. Zu unserem beider Vergnügen unumgänglich.«

Seiner Stimme verlieh er einen bedrohlichen Ton. Sie bemerkte sofort, was seine Worte zwischen ihren Beinen auslösten. Der berechnende Kerl vertraute darauf, in welchem

Maß sie mittlerweile der Kampf mit seiner dunklen Dominanz erregte. Dem entsprechend zog er sein Spiel in die Länge.

»Dein Bett hat kein Gestell, an dem ich deine Arme und Beine zuverlässig festbinden kann.«

Das unbedarfte Gesicht, was er dabei machte, verursachte bei ihr ein tiefes Seufzen. Mit kühl beobachtenden Augen versprach er ihr ungeahnte Abenteuer, die er jedoch nicht preisgab.

Als ihn ihr Angriff traf, hielt er spielend leicht und unverschämt lachend ihren Körper auf und hob ihn zärtlich auf die andere Bettseite. Dann zog er sie an seine Brust und genoss den zappelnden Wutausbruch so dicht an seiner Haut. Schnurrend vergrub er seine Nase in ihr duftendes Haar. Er liebte ihre sensible Haut, den betörenden Geruch ihrer langen schwarzen Mähne und die sinnliche Ausstrahlung ihrer Augen. Dass sie sich so wild und haltlos an ihm gebärdete, erfüllte sein Herz mit Zuversicht.

Sie noch immer haltend, gurrte er: »Verdammt Pia, daran könnte ich mich gewöhnen.«

»Warte, bis ich mit dir fertig bin«, zischte sie.

»Okay, okay!«, stieß er mühsam hervor, während ihm vor Lachen Tränen übers Gesicht liefen.

Er konnte sich nicht erinnern, wann er zum letzten Mal so aus voller Kehle gelacht hatte. Dann lockerte er ein wenig seinen Griff und verschaffte ihr so zumindest ein paar Zentimeter Spielraum.

»Waffenstillstand - Friedensangebot!«, tönte er und wischte sich die Tränen von den Augen.

Pia sah nach wie vor reichlich zornig aus, was ihren Körper offensichtlich nicht interessierte. Der schien derweil eigene Pläne zu haben. Sein glänzender Oberschenkel, den er wie eine feste Klammer zwischen ihre Beine geschoben hatte, verriet mit der darauf ziemlich nassen Spur das unbändige Verlangen.

Er betrachtete sie und beschloss, heute auf den Knebel zu verzichten. Es war ja schließlich nicht seine Nachbarschaft, die Pias Lust um den Schlaf bringen könnte. Außerdem wollte er jeden noch so kleinen Schrei oder Fluch, der aus ihrem Mund kam, hören.

»Zunächst werde ich dir eine Vorstellung geben, was in Zukunft geschieht, sollten sich deine Arme und Beine nicht an meine Regeln halten.«

Spontan verschwand die Wut aus ihrem Gesicht. Vermutlich war dort unvermittelt kein Platz mehr. Um ihre Mundwinkel zog sich ein lüsternes Grinsen.

»Was hast du vor? Mundfick?«

»Klingt bezaubernd aus deinem Mund! Nein, eigentlich hatte ich an etwas anderes gedacht. Aber warum nicht.«

Ein erwartungsvolles Strahlen zog über ihr Gesicht. Mehr noch als seine Hände erregte sie vielleicht die Vorstellung, ihr nur mit Worten zu erklären, wozu ihn seine krasse Fantasie befähigte. Dass er sie allein durch seine Stimme in wilde Ekstase versetzen konnte, hatte er ihr schon bewiesen.

Um es für sie noch spannender zu machen, platzierte er seine Erektion geschickt über ihrer Scham.

»Ist mir doch glatt entfallen, dass ich mit einer Fachfrau in den Kissen wühle. Wenn du deine Augen schließt, können wir beginnen, deine Vorstellungskraft ein bisschen anzuheizen.«

Ein heftiges Zucken durchfuhr ihren Körper. Er stellte sich vor, wie ihr Blut durch die Adern raste. Ihre Reaktion übertrug sich augenblicklich auf ihn. Zischend zog er die Luft durch seine Zähne.

In kurzen Sätzen, ähnlich denen in seinen Büchern, schilderte er ausführlich die zu erwartende Aktion. Arme und Beine jeweils zu einem perfekten 'V' an ein dafür geeignetes Bettgestell fixiert, würde sie seiner erotischen Fantasie hilflos ausgeliefert sein.

»Eine super Gelegenheit, Geduld zu lernen«, meinte er schmunzelnd.

»Oder, um verrückt zu werden.«

»Nur, wenn du brav bist, verzichte ich auf eine Augenbinde und erlaube dir, mir bei meinen Vorbereitungen zuzusehen.«

»Du bringst es fertig und lässt mich blind bis in alle Ewigkeit zappeln«, knurrte sie, während ihr vermutlich schon ein Gedanke daran den Puls in die Höhe schnellen ließ.

Nicht zu wissen, was sich in seiner 'Truhe der Lüste' befand, so bezeichnete er sinnigerweise den Aufbewahrungsort diverser Gerätschaften, trieb ihr schon jetzt den Schweiß auf die Stirn.

»Pia, du bist nicht so unbedarft, dass du dir nicht vorstellen kannst, wie viele verschiedene Dinge in meinem Besitz sein könnten.«

Er verstand es, in Bildern zu erzählen. Sie wirkte, als konnte sie den beschriebenen Schmerz an ihren Brustwarzen spüren, den die erwähnten Silberklemmen verursachen würden. Der Glas-Dildo, in drei unterschiedlich große Kugeln unterteilt, entsprach schon eher Pias Vorlieben.

»Damit kann ich leben.«

»Das glaube ich dir gerne.«

Lachend fuhr er fort.

»Wie lange dauert denn so ein Session?«, fragte sie.

»Das ist davon abhängig, wann du dich ohne nachzudenken deiner Lust hingibst.«

Sie wirkte irritiert, als sie erkannte, dass jedes seiner Worte einer absoluten Realität entsprach. Es reichte ihm ein Blick, um zu verstehen. Die zarte Furcht, verbunden mit einer aufregenden Spannung verursachten in ihr allmählich ein unerträgliches Brennen.

Er machte noch immer keine Anstalten mit ihr zu schlafen. Selbst das Untier über ihrer Scham ruhte, wenn auch aufrecht und durchaus einsatzbereit.

»Du hättest im Mittelalter einen super Folterknecht abgegeben«, presste Pia durch ihre Lippen.

»Möglich«, raunte er. »Dich, in einer unstillbaren Lust verharren zu lassen, wird dich lehren zu gehorchen.«

Während seiner Worte hielt er es nicht einmal für nötig, seine Augen zu öffnen. Das freche Grinsen um seine Mundwinkel könnte sie mit Sicherheit zu einem Mord provozieren. Dass er ihren Körper lange freigegeben hatte, war ihr in dem Strudel der Reizüberflutung einfach entgangen.

Der ungezügelten und aufgestauten erotischen Energie, die sich nun entlud, ergab er sich mit all' seinen Sinnen.

Kapitel 16

Das freche Gezwitscher ihrer gefiederten Nachbarn im Ge-
äst vor dem Balkon weckte sie. Wie an jedem Frühlingsmorgen
schummelte sich die Sonne über ihre Bettdecke. Deren Strahlen verwandelten Maiks Tattoo in eine leuchtende neonfarbene
Schönheit.

Vorsichtig und darauf bedacht ihn nicht zu wecken, blieb
sie still liegen. Die Erinnerungen an diese unglaublichen Stunden erhitzten sie bereits erneut.

Nachdem er sie endlich von seinen klammernden Gliedmaßen befreit hatte, genügte ein Blick von ihr, und er senkte
seinen Rücken auf die Matratze. Zum Zeichen der Versöhnung
hatte er seine Arme artig unter seinem Kopf verschränkt. In
seinen Gesichtszügen war jedoch abzulesen gewesen, wie sehr
ihn die Übergabe der Macht erregte.

Dass sie sich quasi in einem Heimspiel befunden hatte,
bereitete ihm ganz klar ein anzügliches Vergnügen. Zweimal
hatte sie sich auf ihm ausgetobt. Bei dem Gedanken fingen
ihre Wangen an zu glühen. Selbst für ihre Verhältnisse konnte

man solch eine Glut durchaus als ungewöhnlich bezeichnen.

Sanft hatte Maik, der sich nach diesem stürmischen Ritt schnell erholt hatte, sie von seinem Schoß gehoben und sorgsam neben sich gebettet. Als er die Decke zärtlich über ihren Körper zog, war sie beinahe eingeschlafen.

Je mehr sie jedoch in Erinnerungen schwelgte, desto näher rutschte ihr Po an seine Mitte. Der zeigte ihr sofort mit einem sensiblen Brennen, wozu sie Maiks morgendliche Erektion verführt hatte. Jetzt, Stunden später, schämte sie sich.

Was ist eigentlich mit mir los?, fragte sie sich hilflos.

Klar, hatte sie nie ein klösterliches Leben geführt, ganz im Gegenteil. Doch eine solche Hartnäckigkeit hatte sogar auf seinem Gesicht einen zweifelnden Ausdruck hinterlassen. Das rasante Begehren, ihre Grenzen auf den Kopf zu stellen, hatte ihn verunsichert.

»Ich fürchte, ich könnte dir wehtun«, warnte er mit ernster Miene. »Dafür müsste ich dich erst vorbereiten.«

»Im Bad steht Babyöl«, hatte sie leichthin geantwortet.

Kopfschüttelnd entfuhr ihr jetzt ein leises Stöhnen.

Resignierend, aber diebisch grinsend, hatte er sich mit der Flasche auf die Bettkante gesetzt und ihr, auf seine Schenkel klopfend befohlen, sich vor ihm zu platzieren. Als sie ein Bein über seine Knie geschoben hatte und sich Maik ihren Hintern schnappte, überkamen sie erste Zweifel. Das Klicken der Ölflasche hatte dann endgültig eine eisige Spur der Nervosität auf ihrer Haut hinterlassen.

»Oh, Pia, dafür wirst du mich morgen früh hassen«, hatte er gemurmelt, als er ihren Po langsam auf sich zog.

Und nun spürte sie überdeutlich, was sie ihrem Körper zugemutet hatte. Dass Maik am Ende seine Intensität sehr bedacht eingesetzt hatte, war für beide ein Segen. Dennoch, jedes Brennen, ebenso wie der gewaltige Muskelkater, waren der Hingabe dieses Mannes einfach wert gewesen.

Mit flatterndem Herzen rückte sie noch näher.

»Schon wieder?«, hörte sie ihn vergnügt murmeln. Seine Muskeln verhielten sich offenbar ähnlich wie ihre.

»Besser nicht«, säuselte sie und verschlang ihre Finger in seiner Hand.

Maik knabberte sanft an ihrem Ohr. »Prinzessin, ich habe dich gewarnt, dass du es bereuen wirst. Ich kann nur hoffen, den richtigen Zeitpunkt zum Aufhören gefunden zu haben.«

»Machst du Witze? Das war eine unglaubliche Erfahrung. Außerdem habe ich noch niemals etwas bereut«, sagte sie und drehte sich um. Sie streichelte sanft sein unsicheres Gesicht. »Und nein, ich hasse dich nicht.«

Sein aufatmendes Lächeln verführte sie fortzufahren. »Ganz im Gegenteil, ich liebe dich.« Dabei strich sie ihm über seinen bunten Körper. »Du bist einzigartig und all' das gehört mir allein. Obendrein bist du in der Lage, mich vor Dummheiten zu bewahren. Mit dir bekomme ich mehr, als ich verdient habe.«

Überglücklich zog er sie in seine Arme. Er küsste sie und sagte dann verführerisch: »Dass du meinen Körper, besser gesagt 'Kalseru' liebst, hast du mir bereits verraten.«

Pia sah ihn erstaunt an.

»Du sprichst im Schlaf, Prinzessin.«

»Oh«, sagte sie verlegen und spürte die Röte in ihrem Gesicht.

Dann vernahmen sie ein eigenartiges Knurren. »Du Armer! Ich bin ein fürchterlicher Gastgeber!«

Sofort sprang sie aus dem Bett.

»Hm... Morgen steht in der Zeitung: Liebestolle Frau lässt Liebhaber im Bett verhungern.«

Er feixte vergnügt und gähnte.

»Und verdursten. Nicht einmal das versprochene Glas Wein hast du bekommen«, ergänzte sie missmutig und verschwand im Bad.

Als Pia zurückkam, lag er auf dem Bauch und schnarchte leise. Eine Stunde später saßen sie auf der Sitzbank in ihrer Küche. Sie spürte sein spitzbübisches Lächeln, mit dem er sie beobachtete.

Pia liebte ihre Küche. Wenn sie eines bei ihrer Mutter gelernt hatte, dann war es, einen Mann mit gutem Essen zu verwöhnen.

»Liebe geht durch den Magen«, hatte die ihr immer wieder erklärt. »Einen guten Mann hältst du am besten mit hervorragenden Kochkünsten.«

Nun gut, das stimmt nicht ganz, dachte sie.

Trotzdem hatte sie sich an diesen Rat gehalten. Allein schon deshalb, weil sie selbst ein gutes Menü zu schätzen wusste.

Maik fühlte sich sichtlich wohl. Plötzlich sah er sie an.

»Ich weiß nicht recht, wie ich es sagen soll. Dich wieder herzugeben, kann ich mir inzwischen kaum noch vorstellen.«

Etwas unsicher verstummte er.

»Musst du auch nicht. Was aber bedeutet, dass zwei streunende Tierchen wie wir erst zueinanderfinden müssen. Will sagen, wir sollten uns Zeit geben und es langsam angehen lassen.«

»Das habe ich tatsächlich schon einmal gehört«, neckte er sie.

»Sag mal, hast du am Sonntagnachmittag schon etwas vor?«

»Nö«, sagte er und grinste frech.

»Mein Papa hat Geburtstag. Eine passende Gelegenheit, ihm meinen bunten Freund vorzustellen.«

Sie sah ihn herausfordernd an. Misstrauisch blieb sein Blick auf ihrem strahlenden Gesicht hängen.

»Ich fühle mich stark genug, um mich in neue Abenteuer zu stürzen. Aber bist du dir sicher, dass dein neuer Freund das Geburtstagskind nicht verschreckt?«

Pia lachte erfrischend und zerzauste ihm sein Haar. »Ich habe noch nie jemanden meinen Eltern vorgestellt. Glaub mir, auch wenn ich einen Pygmäen oder Außerirdischen anschleppen würde, wären sie darüber unsagbar glücklich.«

Damit standen die Pläne für das kommende Wochenende fest. Als Maik am Abend seine Jacke überzog und sie in seine Arme schloss, vergrub er genüsslich sein Gesicht an ihrem Hals. Seine Finger wanderten vom Rücken ohne Zwischenstopp auf ihren Po. Die Berührung seiner kräftigen Hände veranlassten sie, die Luft hörbar einzuziehen. Er schüttelte belehrend seinen Kopf.

»Sollte ich dich wieder einmal vor etwas warnen, rate ich dir zu gehorchen.«

Mit einem leichten Klaps auf ihr hoch empfindliches Hinterteil bekräftigte er seine Aussage.

»Niemals!«, flötete sie, küsste ihn stürmisch und schob ihn aus der Tür.

Kapitel 17

Pia setzte sich zu ihm in den Wagen. Er hatte darauf bestanden, selbst zu fahren.

An jedem Abend der vergangenen Woche hatten sie miteinander telefoniert. Es war purer Zufall und für Erwin enorm praktisch gewesen, dass beide Autoren kaum dreißig Kilometer voneinander entfernt lebten. Maiks Unternehmen benötigte seine volle Aufmerksamkeit. Das bedeutete Stress und verursachte einen nicht zu unterschätzenden Zeitaufwand. Wogegen es sicher nicht ständig von Nöten gewesen war, persönlich vor Ort zu sein. Doch bei einem Mann, dessen Neigung zur absoluten Kontrolle tendierte, keine verwunderliche Tatsache.

Schwer atmend hatte sie auf ihrem Kissen gelegen, während ihr seine dominante Stimme dicht am Ohr pure Schauer über die Haut jagte. Binnen Sekunden hatte sie vergessen, dass er nur durch die Telefonleitung anwesend war.

Schmunzelnd schielte sie zu ihm hinüber.

»Schick!« Erneut hatte sie für seine bizarre Ausstrahlung

keine andere Bemerkung.

»Gefalle ich dir?«

Auch wenn er kaum eine Regung im Gesicht zeigte, erkannte sie an seinem zuckenden Kinn, wie sehr es ihn amüsierte. Um Maiks kräftige Oberschenkel spannte eine dunkelgrüne Stoffhose mit weißen Comic-Figuren.

»Einhörner?«

»Jedes Einzelne für meine Prinzessin!«

Sie konnte einfach nicht mehr an sich halten und prustete los. Er lächelte verwegen und zwinkerte ihr zu.

»Ich wüsste gerne, ob deine Brille einen medizinischen Grund hat«, bemerkte sie vorwitzig.

»Ja«, sagte er nur und verzog seine Lippen zu einem Luftkuss.

Unter seinem fast durchsichtigen Shirt, dessen Farbton sie nicht zuordnen konnte, leuchteten die Neonfarben seiner Haut deutlich und kaum übersehbar.

Klar, die Jesuslatschen sind auch wieder da, dachte sie grinsend.

Den tieferen Sinn hinter seinem Outfit herauszufinden, würde ihr vermutlich große Freude bereiten. Allein der Gedanke, wie sich eine solche Erforschung anfühlen könnte, ließ ihren Unterleib empfindlich aufstöhnen.

»Denkst du, ich bin passend gekleidet?«, fragte er mit dem Ton eines Teenagers.

»Aber sicher doch!« Pia lachte befreit. »Du hast zu diesem denkwürdigen Anlass sogar Wert auf Etikette gelegt.«

Ihre Anspielung auf den schmalen schwarzen Lederschlips, der locker um seinen Hals baumelte, veränderte augenblicklich seine Ausstrahlung. Gefährliche Blicke, dunkle Pupillen und tiefe Töne - oh, sie war nahe dran, ihn zu bitten, irgendwo anzuhalten und sofort umzusetzen, was dieses diabolische Lächeln versprach.

Dass ihm ihr aufgewühlter und wie wild hämmernder Puls nicht entging, dafür sorgte die Hand auf ihrem Knie. Dabei blieb sein Blick emotionslos auf den Verkehr gerichtet.

»Sieh ihn dir genau an. Habe ich den erst vom Hals genommen, wirst du ihn nicht mehr zu sehen bekommen, weil er deine Hände auf deinem Rücken fixiert.«

»Maik!«

»Was hast du denn?«, fragte er mit arglosem Ton, aber gefährlich aufglimmendem Blick. »Jede Minute des Nachmittags sollten wir beide daran denken. Wann immer meine Finger über das Leder streichen, wird in deinen Adern die Erregung heißer aufflammen. Wie lange glaubst du, halten wir es bei deinen Lieben aus?«

Maik lachte unverschämt. Zwischen ihren Händen, die sie ohne es zu bemerken auf ihrem Schoß verkrampfte, wurde es ziemlich feucht und nicht nur dort.

Oh man, wenn der so weitermacht, hinterlasse ich eine Pfütze auf dem Autositz!, dachte Pia nervös.

»Unterstehe dich!«

Maik lachte erneut und legte seine Hand zurück ans Lenkrad. Es schien, als könnte er ihre Gedanken lesen.

»Da vorn links abbiegen«, murmelte sie mit angespannter Stimme.

Die rauen aufgeregten Worte verengten ihren Brustkorb und hinterließen auf seinen unschuldig wirkenden Gesichtszügen eine belustigende Bestätigung.

Pia stieg aus und sein Blick wanderte unverhohlen über ihr durchaus braves Kleid. Verständlich, schließlich will sie den Eltern ihren Freund vorstellen - zum ersten Mal. Die ehrfürchtigen Gedanken erfüllten ihn mit Stolz.

Die bereits sommerlichen Temperaturen Anfang April erlaubten ihr ein schlichtes buntes Sommerkleid. Der dünne Stoff erregte ihn und entlockte ihm ein ungezogenes Schmunzeln. Seine geschickten Finger hatten den winzigen Streifen ihres String-Tangas entdeckt, als seine Hand vor kaum fünf Sekunden, von ihrem Rücken sanft auf den Hintern wanderte. Unwillkürlich griff er nach dem Leder auf seiner Brust. Vor seinen Augen entstand spontan eine Szene, in der er den kaum vorhandenen Stoff des Strings einfach beiseiteschob, um sie dann schnell und ungestüm zu nehmen. 'Kalseru' zuckte auf und nur mit Mühe ließ er sich davon überzeugen, sich geduldig zurückzuziehen.

Pia hatte nichts von seinem Kopfkino mitbekommen. Dafür war sie viel zu aufgeregt, je näher sie dem schmucken Häuschen kamen. Am Ende der Reihenhaussiedlung stand ein bezauberndes Eigenheim. Obwohl recht zierlich, schmückte es zahlreiche Fenster. In den Blumenkästen auf den Fensterbänken reckten sich die Köpfe kräftiger Frühblüher der Sonne entgegen.

Die Eingangstür öffnete sich und eine Frau trat heraus. Er blieb derart abrupt stehen, dass sie sich einen Lacher nicht verkneifen konnte. Ebenso wenig, wie sie ihm von ihren Eltern berichtet hatte, schwieg er sich über dieses Thema aus. Sie wusste natürlich, dass er nicht ohne Grund eine so spezielle Persönlichkeit entwickelte. Davon hatte er ihr schon erzählt. Es würde Zeit und noch mehr Vertrauen brauchen, ehe er sich ihr vollständig öffnete. Der bevorstehende Nachmittag konnte ein erster Schritt auf diesem Weg sein.

Karolina Luckner war einen Kopf größer als ihre Tochter. Schmal gebaut mit dunklen, beinahe schwarzen Augen und einem schokoladenbraunen Teint. Das schwarze Haar, dass sie Pia eindeutig vererbt hatte, lag halblang und in der Sonne glänzend auf ihren Schultern. Eine perfekte Schönheit, der man ihr Alter nicht ansah und deren Anblick ihn irritiert einen Schritt zurücktreten ließ. Mutter und Tochter wechselten amüsierte Blicke. Pia nahm seine Hand und drückte sie beruhigend.

»Maik, das ist meine Mama! Mama, das ist Maik!«

Karolina trat auf ihn zu, warf einen musternden Blick auf seinen Körper, schielte einen Augenblick lang in die Augen ihrer Tochter.

»Freut mich, Sie kennenzulernen. Na dann, kommt mal rein!«

Sie betraten den Flur des winzig wirkenden Häuschens. Die Einrichtung ähnelte der von Pia, nur einen Hauch verspielter. Landschaftsbilder an den Wänden, umringt von Blüten wohin das Auge sah und zauberhaften Kissen, in denen kleine Plüschbären lümmelten. Das Haus ihrer Eltern wirkte wie eine antike Puppenstube.

Egal, wie seltsam das Ambiente auch sein mochte. Er fühlte sich sofort wohl. Es passte einfach zu seinen Bewohnern, die ihre Tochter offenbar bis zu diesem Augenblick auf Händen getragen hatten.

Alles, was dieses Haus beherbergt, erzählt von Wahrhaftigkeit. Einfach perfekt, wie für eine Prinzessin!, dachte er gerührt.

Pia zeigte auf den Schatten, der sich aus der Küchentür schälte, drehte sich zu ihm und stürmte freudig auf ihn zu.

Bruno Luckner, Pias Vater, stand wie eine Eiche im Flur und ließ den Ansturm des Wirbelwindes über sich ergehen. Der beinahe zwei Meter große Mann benötigte nur einen Arm, um seine Tochter festzuhalten. Freundliche große helle Augen in dem gepflegten Männergesicht sprühten vor Stolz. Nur das graue Haar zeugte von seinem vierundsechzigsten Geburtstag, was Maik schwerfiel zu glauben.

Der Riese schleuderte Pia wie ein Püppchen herum und stellte sie lachend auf ihre Füße. Er musste hart schlucken und bekam plötzlich das Gefühl zu stören. Bruno war mit Sicherheit ein perfekter Vater, was er eigentlich nicht beurteilen konnte. Dazu fehlte ihm der Vergleich. Seine Mutter hatte sich bis zum letzten Atemzug geweigert, ihm seinen Erzeuger preiszugeben. Dass sie ihren Sohn damit nur schützen wollte, war ihm inzwischen bewusst. Spätestens, seit ihm sein Anwalt dieses Kuvert überreicht hatte. Bisher vermied er es, sich damit zu befassen. Mit dem aufgedruckten Wappen hatte er ohnehin, neben dem leiblichen Vater, auch das damit verbundene Geburtsrecht erkannt. Stöhnend versuchte er sich nicht anmerken zu lassen, wie ihn spontan ein empfindlicher Neid durchzog.

Pia drehte sich zu ihm. »Papa, das ist er!« Ihre Vorstellung klang feierlich.

»Bezaubernder junger Mann.« Er grinste schief und reichte ihm vergnügt die Hand.

Maik nickte unsicher. »Guten Tag, Herr Luckner. Herzlichen Glückwunsch zum Geburtstag.«

»Vielen Dank mein Junge.« Er zwinkerte ihm freundlich

zu.

»Kinder, kommt in den Garten«, rief Karolina.

Bruno begleitete das Paar hinaus in den strahlenden Sonnenschein. Maik nahm Pia etwas zurück und flüsterte: »Wie alt ist sie?«

»Achtundfünfzig, warum?« Sie runzelte die Stirn und schüttelte fröhlich den Kopf. »Ganz ruhig, Drachenbändiger, es gibt keinen Grund nervös zu werden.«

Dass er sie für den Drachenbändiger bei passender Gelegenheit zur Rechenschaft ziehen würde, machte ihn irgendwie an.

Ähnlich, wie das winzige Haus, was im Grunde nicht für das große Paar geeignet schien, begeisterte ihn das weitläufige Gelände dahinter. Sie gingen drei Stufen nach unten und folgten Bruno über einen gut gepflegten Rasen zu einer Sitzgruppe. Eine Hollywoodschaukel, vier Korbstühle und ein wunderschön gedeckter Tisch verteilten sich auf großen quadratischen gelb-gesprenkelten Bodenplatten.

Karolina bat alle sich zu setzen und ging zum Haus, um den Kaffee zu holen. Maiks Blick schweifte über das mit Rosenblüten bestickte Tafeltuch. Seine Anwesenheit musste wohl doch ein ungewöhnlicher Anlass sein. Die dreistöckige Torte, ein voluminöser Blumenstrauß in der Mitte des Tisches, umrahmt von bestem Geschirr, wollten bei ihm einfach nicht das Gefühl erzeugen, einem gewöhnlichen Geburtstag beizuwohnen.

Maik streckte seine verkrampften Beine unter dem Tisch aus. Seine Nase wurde vom Duft zahlreicher Blüten der Obstbäume rund um die Sitzgruppe umspielt. Vorsichtig suchte er Pias Blick, die mit ihrer Mutter scherzte. Beide Frauen sahen sich, abgesehen vom Alter, zum Verwechseln ähnlich. Allein die körperliche Statur unterschied beide Frauen voneinander.

»Pia kommt nach ihrer Großmutter«, erklärte Karolina.

Maiks Wangen verfärbten sich augenblicklich. Seine Augen verengten sich, als er Pias anzügliches Grinsen wahrnahm. Sie amüsierte sich offenbar königlich auf seine Kosten. Vielleicht hatte er die allgemeine Belustigung verdient. Schließlich starrte er Karolina an, als hätte er in seinem Leben noch niemals eine schöne Frau gesehen. Bruno begann zu lachen, klopfte Maik auf die Schulter. »Lassen Sie sich nicht verwirren. Meine Frauen genießen ihre unglaubliche Wirkung auf uns.«

»Bitte nennen Sie mich Maik«, wandte er sich an Bruno, der anerkennend nickte.

»Jetzt haben sich die Männer verbündet.« Karolina lachte und zwinkerte Pia zu.

Erleichtert lehnte sich Maik zurück. Hier konnte er es aushalten. Dass er ein schräger und bunter Vogel war, störte dabei vermutlich niemanden.

Kapitel 18

Als Karolina die Haustür hinter ihnen schloss und Pia noch einmal gewunken hatte, gingen sie Hand in Hand zum Parkplatz. Jeder, versunken in die eigenen Gedanken, doch fest miteinander verbunden. Ihre Eltern hatten ihn mit offenen Armen empfangen. Es fühlte sich an, als hätten sie ihn in der kurzen Zeit einem einfühlsamen, aber auch sehr eingehenden Prüfverfahren unterzogen. Das strahlende Lächeln neben ihm versicherte, dass er wohl die erste Hürde erfolgreich genommen hatte.

Damit wurde es Zeit für den nächsten Schritt. »Das ist doch recht gut gelaufen«, begann er ruhig, was Pia etwas argwöhnisch aufsehen ließ. »Zumindest haben mich deine Eltern nicht gleich beim ersten Anblick erschrocken vor die Tür gesetzt.«

Sie schielte ihn von der Seite an. »Was hast du denn erwartet? Gerade mein Papa hat ein geübtes Auge. Er weiß Menschen unter die Kleider zu sehen. Schließlich ist er Psychologe und einer der Besten, den ich kenne.«

Der erwähnte Psychologe verursachte auf seinem Gesicht einen heftigen Schreck. »Das hättest du mir sagen müssen«, stotterte er.

»Wieso? Er ist mein Vater und nicht mein Vormund. Oder hast du Bedarf, dich auf seine Couch zu legen?«

»Wohl kaum! Aber im Augenblick verspüre ich nicht wenig Lust, dich auf einer solchen zu platzieren.« Seine Mimik konnte sich nicht entscheiden, wütend oder erregt zu wirken.

»Entspann' dich! Was glaubst du, wie du dich gefühlt hättest, wenn dir von Beginn an klar gewesen wäre, dass du von einem hoch erfolgreichen Psychologen unter die Lupe genommen wirst?«

Maik schämte sich für seinen Ausbruch. Gerade er hatte überhaupt kein Recht dazu, denn sie ahnte nichts von der eigenen historischen Last. Die Zukunftspläne in seinem Kopf veranlassten ihn nachzudenken. Bisher verweigerte er sich seiner Herkunft. Jetzt ahnte er, dass sich alles bereits mit der nächsten Generation verändern könnte. Versöhnlich streichelte er ihre Wange. »Tut mir leid. Aber Familienangelegenheiten und deren Geheimnisse verunsichern mich. Sie machen mir Angst. Allein schon deshalb, weil ich darin äußerst ungeübt bin.«

Eines hatte ihm der bemerkenswerte Nachmittag jedoch klargemacht. Liebevolle Eltern zu haben, das allein vermag ein Kind nicht vor tiefen seelischen Verletzungen zu schützen. Als sich Pia mit ihrem Vater vom Tisch entfernt hatte, nutzte Karolina die Gelegenheit, um ihm von der vermeintlichen Ursache ihrer speziellen Lebensart zu erzählen. Die Lebensart, der er bereits mehrfach beiwohnen durfte, hatte er gegenüber ihrer Mutter natürlich verschwiegen. Karolinas wenige Sätze hingegen waren mehr als deutlich gewesen. Offenbar gab es in Pias Vergangenheit jemanden, der sie zutiefst verletzt hatte.

Den eindeutigen Hinweis, was ihm blühte, sollte er ein ähnliches Drama bei der über alles geliebten Tochter auslösen, empfand er zunächst als unfair. Doch als sich der stämmige Bruno wieder zu ihnen gesellte, hatte ein einziger Blick genügt, um zu verstehen.

Er betrachtete Pia noch immer von der Seite und war gewillt zu fragen, was damals geschah. Dann entschied er sich dagegen. Wenn sie dafür den richtigen Zeitpunkt gefunden hatte, würde sie es ihm sicher erzählen. Er verließ die Stadtautobahn und fuhr in Richtung Norden, entgegengesetzt zu ihrer Wohnung.

»Was wird das?«, fragte sie.

»Es wird Zeit, meine Prinzessin mit in die Drachenhöhle zu nehmen.«

»Um was zu tun? Sie mit Haut und Haaren zu verschlingen?«

Ihr anzügliches Grinsen verfärbte in rasender Geschwindigkeit seine Pupillen. »Der Gedanke ist mir in den letzten Stunden schon ein bis zweimal gekommen.« Während er die Worte beinahe zischte, spielte seine Hand unaufhörlich an seinem Schlips.

Sofort durchzog ihren Schoß ein empfindliches Ziehen, ihr Atem wurde flacher und ihr Puls benahm sich, als wollte er einen Trommelwettbewerb gewinnen. Nichts davon konnte sie vor ihm verbergen.

»Ich warne dich! Da hinten in dem kleinen Häuschen wohnt ein stattlicher Recke. Mit dem könnte es der Drachenbändiger zu tun bekommen.«

»Da sprichst du ein wahres Wort.« Maik lachte. Seine Wut verrauchte. Das zärtliche Lächeln um seinen Mund überzog sie mit einer deutlichen Gänsehaut.

Wenige Minuten später näherten sie sich einem kleinen Ort. Geprägt von ländlicher Idylle und weiträumigen Gutshöfen. Zu diesem Landstrich gehörten noch einige guterhaltene landwirtschaftlich genutzte Besitztümer alter deutscher Adelsgeschlechter. Maik bog auf einen kleinen Kiesweg ein, an dessen Ende ein gewaltiges Gemäuer zwischen zahlreichen Laubbäumen hervorlugte. Ihr stockte bei dem Anblick der Atem, traute wohl ihren Augen nicht.

»Ist das deines?«, fragte sie nicht verstehend. Vielleicht kam sich bei seinem fragenden Gesicht einfältig vor.

»Ja, Prinzessin. Willkommen in der Drachenhöhle!«

»Also, unter einer Höhle habe ich mir etwas anderes vorgestellt. Was ist das, ein Märchenschloss?«

»Richtig, wo sonst kann man eine Prinzessin standesgemäß unterbringen. Aber warte es ab, du weißt nicht, wie viele geheimnisvolle Orte diese Mauern verbergen.« Das raunte er derart verführerisch, dass ihre Knie nachgaben.

Maik grinste schief, stieg aus dem Wagen und grüßte einen Mann, der mit Schubkarre und Besen auf dem Rasen zugange war.

»Herr Wimmer, gut das Sie kommen. Wir haben ein Problem!«

»Ist es schlimm oder hat die Angelegenheit eventuell noch Zeit?«

Der Mann wirkte plötzlich sehr verwundert, als er Pia neben Maik entdeckte. Dann grinste er wohlwollend. »Oh, ich wusste nicht, entschuldigen Sie. Natürlich hat es keine Eile. Ich schicke es Ihnen per Mail.«

Weiterhin fröhlich vor sich hin griened drehte er sich zu seiner Schubkarre und ging zum Haus. Sie glaubte, ein vergnügtes Pfeifen zu hören und sah ihn fragend an. Sein Blick folgte der quietschenden Schubkarre.

»Abgesehen von meiner Mutter, hat seit sehr langer Zeit kein weiblicher Fuß das Gelände betreten.«

Ihr stand der Mund weit offen. Maik verzog sein Gesicht, was unweigerlich einen sehr ernsten Ausdruck annahm.

»Schloss Wimmer ist uralter Familienbesitz. Eigentlich wollte ich den verfallenen Schuppen nach dem Tod meiner Mutter so schnell es ging loswerden. Aber dann habe ich mich in die Ruhe der alten Mauern und deren Geschichte verliebt. Und ich kann es mir leisten.«

Das Gefühl von Aschenputtel ließ sie augenblicklich zurückweichen. Er musterte sie und schüttelte versöhnlich seinen Kopf.

»Jedes Mädchen träumt von einem Prinzen. Du natürlich nicht. Ein Grund, warum ich dich liebe. Dass du das nicht verstehst, sehe ich. Aber eines musst du wissen.« Er fuhr sich mit der Hand nervös über seine Brust, zeigte auf das Gelände und fuhr fort: »Ich habe dir in dieser Nacht nicht ohne Grund nur die halbe Geschichte erzählt. Schließlich war meine Erscheinung und das Geheimnis darunter schon ziemlich schwer zu verdauen. Da musste ich mit weiteren Infos sparsam umgehen. Aber, das hole ich jetzt nach, versprochen.«

Als der erste Schock verblasste, sah sie sich um. Das zweistöckige imposante Gutshaus bildete die Mitte der Anlage. In einem geschwungenen Bogen verlief ein mit weißem Kies befestigter Weg vom Tor rund um das Gebäude. Maik stand still neben ihr und verfolgte ihren Blick, der über die roten Steine der verklinkerten Fassade, vorbei an den weißen Fenstern beider Etagen wanderte und am Eingangsportal hängenblieb.

Nur ein paar Meter und sie stoppte erneut ihren Schritt. So breit wie der Eingang und ebenfalls weiß, erstreckten sich die Stufen nach oben. Über dem Portal, dessen Rahmen und Glas den zahlreichen Fenstern angeglichen wurden, ragte ein Balkon. Schlichtes weißes Holz umspielte ihn und unter seiner Blattform standen vier Pfeiler.

Sie trat nah an die Mauer und strich nachdenklich mit der Hand über das zarte Grün der Büsche, die ihn säumten.

»Komm, lass uns reingehen« sagte er und legte seinen Arm um ihre Taille.

Noch immer fassungslos, erfasste sie plötzlich eine enorme Neugier, als Maik ihr die Haustür öffnete. Ihr Blick erfasste das sanfte Gelb der Wände und die antiken verspielten Möbel. Sie fühlte sich sofort zu Hause.

Keine riesige Empfangshalle wie vermutet, stattdessen standen sie in einer quadratischen Diele, an deren rechter Seite eine mit viel Liebe restaurierte geschlossene Holztreppe in die nächste Etage führte. Geradeaus lud eine historisch anmutende Sitzgruppe zum Verweilen ein. Kaum auszumachen, versteckte sich dahinter ein Flur, der die Diele mit dem hinteren Teil des Erdgeschosses verband.

»Das gesamte Haus, inklusive aller Nebengelasse, habe ich in den vergangenen acht Jahren erneuern und wieder aufbauen lassen. Bis auf einen kleinen Bereich war es ziemlich heruntergekommen. Als ich damals aus den Staaten hierher zurückkam, stand ich zum ersten Mal seit so vielen Jahren genau an dieser Stelle. Siehst du das Schaukelpferd dort in der Ecke? Das ist mehr als dreihundert Jahre alt.«

Maik schluckte und verstummte.

»Warum bist du zurückgekommen?«

»Der Tod meiner Mutter«, murmelte er abwesend. »Und irgendwer musste sich schließlich um den Familienbesitz kümmern.«

Während sie ihm über das ächzende Holz nach oben folgte, verpasster er ihr einen im Telegrammstil gearteten Geschichtsvortrag über die Ahnen derer von Wimmer. Dieses Haus wurde seinerzeit als Jagdschloss genutzt und diente später, wie viele ihrer Art, als Wohnsitz ihrer zumeist adligen Besitzer.

Dass er ein riesiges Problem mit seiner Herkunft und den damit verbundenen Privilegien hatte, war nur zu offensichtlich. Klar sah sie sich nicht imstande, auch nur eines davon zu analysieren. Viel zu sehr kämpfte sie mit seinem Überfall.

In der oberen Etage befanden sich zumeist kleine Räume. Er erzählte, dass einst viele Zimmer benötigt wurden, um die zahlreichen Gäste und natürlich auch Familienmitglieder unterzubringen. Die harten Winter spielten eine entscheidende Rolle bei der Wahl der Zimmergröße.

Sie betraten einen kleinen Salon. Unter deren Fenstern standen eine sechseckige Tafel, umgeben von ebenso vielen Stühlen. Das feine Holzparkett schützte ein Teppich, bei dessen Anblick sie unvermittelt ihre Schuhe auszog.

Er hob einen Stuhl nach hinten, zog Pia auf seinen Schoß und lachte vergnügt. »Du bekommst kalte Füße.«

Die gegenüberliegende Wand bedeckte eine Vitrine, die der ihren sehr ähnelte. Allmählich erkannte sie den Grund für seine Ehrfurcht, mit der er, trotz der tobenden Lust, ihre Einrichtung bestaunt hatte.

Ihre Augen wanderten an historisch anmutenden Fenstervorhängen entlang zu einer offenstehenden Tür. Die erlaubte ihr einen Blick auf moderne Küchenmöbel. Er betonte, dass nicht jeder Schrank in seinem Haus Hunderte von Jahren alt sei. Dennoch legte er Wert darauf, dem Gebäude seinen ursprünglichen Charme zu erhalten.

Weil sie ihn noch immer ungläubig ansah, raunte er: »Was glaubst du denn, warum 'Kalseru' auf der Suche nach einer Prinzessin war? Ich bin echt froh, dass mich mein Gefühl nicht getäuscht hat.«

Plötzlich stöhnte er und seine Hände waren überall auf ihrer Haut unterwegs. Doch so leicht ließ sie sich heute Abend nicht verführen. Er blickte kurz auf und grinste schief.

»Als ich dich gefragt habe, wer du bist, hast du mir nicht die Wahrheit gesagt.«

»Doch, habe ich«, antwortete er und schob seine Hand unter ihr Kleid.

»Außerdem, wieso wolltest du außgerechnet mich? Und sage jetzt nicht, dass es ein Zufall war«, gab sie ihm warnend zu verstehen.

»Hm«, raunte er vergnügt. »Es waren deine Augen und die Art, wie du schreibst. Das alles passte nicht zu dem, was ich über dich gehört oder in deiner Vita gelesen habe. Ich war einfach neugierig und habe Erwin angestachelt - gut, ich habe ihn erpresst.«

»Und die Spielzeuge?«, beharrte Pia.

»Die habe ich nach unserem ersten Abend geholt.«

»Du bist sechshundert Kilometer gefahren?«

»Nein, deshalb nicht. Bei einem solchen Anwesen kann es immer zu unvorhergesehenen Schwierigkeiten kommen, die dann auch umgehend erledigt werden müssen. Das ließ sich dummerweise nicht aufschieben. Und bei der Gelegenheit habe ich das Notwendige mit dem Nützlichen verbunden.«

Maiks unverschämtes Lachen beantwortete sie mit einem strengen Blick.

»Pia, nun ist es aber gut. Ich war gegen zwei zurück. Hätte ich allerdings gewusst, wie anstrengend die nächste Nacht werden würde …«

»Apropos Nacht«, unterbrach sie ihn.

Unfähig, so eng auf seinem Schoß, der inzwischen lebhaft arbeitete, mit ihm weiter zu diskutieren. »Wo ist dein Schlafzimmer?«

Er streckte seinen Oberkörper, während sich seine Augen in schmale Schlitze verwandelten. Die raue Stimme ging ihr sichtlich unter die Haut.

»Mutig«, knurrte er.

Dann hob er sie von seinen Knien, stand auf und ging mit ihr über den Flur bis ganz ans Ende. Vor der Schlafzimmertür blieb er stehen, schob sie an die Wand und küsste sie stürmisch. Augenblicklich ließ er seine Hände streichelnd zwischen ihre Beine gleiten.

Keuchend nahm sie ihre Hände aus seinem Haar und fesselte ihn mit einem heißen Blick. »Maik, wer bist du?«

Er senkte zärtlich lächelnd seine Stirn auf ihre. »Dein Märchenprinz.«

»Und was ist das?« Seine Augen verfolgten ihre Hand, die an seinem Shirt nestelte. »Ein Tarnumhang?«

»Pia, ich liebe dich!«

Ohne es zu wissen, hatte sie die bittere Wahrheit erkannt. Eine Hand auf der Klinke, warf er ihr noch einen forschenden Blick zu und dann zog er sie in den Raum. Im aufflackernden Licht, das von einer indirekten Beleuchtung unter der Decke verursacht wurde, wirkten die kahlen weißen Wände, im krassen Gegensatz zum Rest des Hauses, wie außerirdisch.

»Das …« Pia schloss ihren Mund.

»Ist mein Schlafzimmer. Es hat alles, was ich benötige.«

Seinem heißen, verzehrenden Blick konnte sie kaum entgehen. Der strahlte ihr aus dem riesigen Spiegel hinter dem Bett entgegen. Ansonsten waren alle Wände hell und blank.

»Ein passendes Bett«, setzte er unbeeindruckt fort.

»Zwei Truhen?«, schickte sie ihre Frage an sein Spiegelbild.

Er lachte, umschlang ihren Körper mit seinen Armen und nuschelte durch ihr Haar. »Ich war einkaufen.«

Mit einem mulmigen Gefühl betrachtete sie das schlichte schwarze Metallgestell und schluckte laut. Sein Mittelfinger zog sich, langsam und von seinem aufmerksamen Blick im Spiegel kontrolliert, am Hals entlang über ihre Kehle und kreiste um ihre Brustwarzen, die mit empfindlicher Härte unangenehm am Stoff des Kleides rieben.

Dann trat er zurück. Zuvor hatte er ihr mit rauer Stimme befohlen, sich nicht vom Fleck zu rühren.

»Aber …«

Sein Finger lag augenblicklich auf ihrer Unterlippe. »Bst«, hauchte er gefährlich an ihrem Ohr.

Sie beobachtete ihn, wie er eine der sorgfältig restaurierten Wäschetruhen öffnete und mehrfach hineinlangte.

Dann stand er erneut hinter ihr und ohne Vorwarnung legte er ihr eine Augenbinde an. Als würde sie nichts wiegen, hob er sie auf seine Arme und dann spürte sie eine wolkenweiche Matratze unter ihrem Rücken. Sie begann zu zittern. Erst, als sie seinen Mund auf ihrer Haut fühlte, beruhigte sie sich ein wenig.

»Heute Nacht wirst du deinem Körper vertrauen müssen. Überlasse ihm die Regie. Ich werde dir alles, was ich mit dir tun möchte, beschreiben. Du wirst entscheiden, wie weit du gehen willst. In Ordnung?«

Sie nickte keuchend. Er hatte wohl mit keiner anderen Reaktion gerechnet, denn seine Hände schoben bereits ihr Kleid von der Brust, noch bevor er ihre Antwort erkennen konnte. Für jedes Kleidungsstück nahm er sich unendlich viel Zeit. Er fasste sanft nach ihrem rechten Handgelenk und verschloss die Schlinge der Handschelle. Dann hörte sie ein leises Klicken.

Unwillkürlich begann sie zu zappeln. Mit seinem Mund beruhigte er ihre Beine. Als sie das vierte leise Klicken vernahm, entfloh ihr ein Wimmern.

»Prinzessin, bist du bereit mich zu begleiten?«, raunte er dicht an ihrem Ohr.

Nur ein Blick genügte und er wusste vermutlich, sie war zu allem bereit. Nach so unendlich langer Zeit begann sie tatsächlich zu vertrauen. Als der heiße Atem des Feuerdrachens ihre Haut berührte, gab es kein Zurück.

Ende

Danksagung

Diese Romanze-Kurzgeschichte aus der Reihe: 'Fire and Night', ist der Auftakt zu Projekten unter einem Pseudonym. Ein neuer Weg mit anderen Geschichten.
Aus den einstigen Probeleserinnen wurde inzwischen eine tolle kleine Gemeinschaft. Ich kann mich nur bedanken und hoffen, dass ihr mich auch weiterhin begleitet.

Ebenso danke ich meiner stetig wachsenden Instagram-Communitiy. Ihr habt mich immer wieder ermutigt, diesen Weg zu beschreiten. Es tut gut, neugierige Leserinnen an meiner Seite zu haben.

Auch bei diesem Projekt durfte ich auf die tolle und unkomplizierte Zusammenarbeit mit der Designerin Florin Sayer-Gabor - www.100covers4you.com zählen. Dieses Cover hat mir ehrlich gesagt den Atem geraubt. Ein ganz großes Dankeschön, liebe Florin.

Wie immer gebührt meinem Sohn ein großes Dankeschön. Die Betreuung der mimosen Technik hat er wie immer perfekt sichergestellt.

Am Ende gebührt mein Dank noch zwei wichtigen Helferinnen. Ich weiß, ihr wollt im Hintergrund bleiben. So sage ich nur leise Danke an die Rotstiftfraktion, die meinen Texten mit viel Fleiß und Geduld den letzten Schliff gab. Vielen Dank für eure Geduld und Hilfe!

Romane unter meinem Klarnamen - Heike Gehlhaar

The Black Rose – Verlangen – Teil 1

© 2022 Heike Gehlhaar

Klappentext:

Du glaubst, dein Körper folgt deinem Befehl? Dann schließe deine Ohren!

In den Weiten der schottischen Highlands erwacht eine dunkle Romanze zum Leben. Polly kehrt nach dem tragischen Verlust ihres Großvaters in die malerische Landschaft zurück, nur um zu erfahren, dass der Familiensitz und die betörende Rosenfarm seit Generationen von einem finsteren Geheimnis umhüllt sind. Alle Hinweise führen zu dem düsteren Schloss des faszinierenden Earl of Gill.

Um das Erbe ihrer Familie zu schützen, schlüpft Polly in die Rolle einer Unbekannten und ergreift eine verlockende Gelegenheit, die sie tief in das Herz des Schlosses MacGill führt. Doch in den Schatten der dunklen Gemäuer lauert eine verführerische und dominante männliche Stimme, die erotische Befehle in die Dunkelheit haucht.

Wer ist dieser geheimnisvolle Unbekannte?

Pollys Welt gerät aus den Fugen, als unerwartete Leidenschaft und sinnliche Versuchungen sie überwältigen. Erotik, die bisher in ihrem Leben keine Rolle spielte, entflammt ihre Sinne und hinterlässt ein berauschendes Verlangen in ihrem Inneren. Als sie schließlich erkennt, wem die verlockende Stimme gehört, die ihren Körper beherrscht, ist nichts mehr so, wie es war.

Begib dich auf eine Reise in die Dunkelheit der Leidenschaft und der Sehnsucht, wo Geheimnisse und Verlangen aufeinandertreffen und die Grenzen zwischen Lust und Liebe verschwimmen. 'The Black Rose - Verlangen' ist der Auftakt zu einer sinnlichen Trilogie, die deine Fantasie beflügeln wird.

Auftakt der Trilogie
Genre: Dark-Romanze
ISBN Softcover: 978-3-384-01841-0 ISBN Hardcover: 978-3-384-01842-7 ISBN E-Book: 978-3-384-01843-4

The Black Rose – Verlangen – Teil 2

© 2023 Heike Gehlhaar

Klappentext:

Du brauchst ihn, wie Sauerstoff für deine Lunge. Nur ein einziger Blick genügt und du vergisst wie man atmet …

Seit Pollys Flucht ließ Ian nichts unversucht, sie in seinen Strudel aus Verlangen und Leidenschaft zurückzuholen. Geschäfte in Mexiko, seine Vorstellung von einer Traumhochzeit und der Titel 'Countess MacGill' bleiben tabu. Stattdessen erfüllt er ihre geheimsten und dunkelsten Fantasien. Schnell lodern die Flammen auf. Heißer und verzehrender, als vor einem halben Jahr.

Als Therese stirbt, tritt der charismatische Engländer Aiden Tayler in Pollys Leben. Gleichzeitig bedrohen die Geister der MacGills Ians Welt und seine Liebe zu Polly. Zwei Welten, die unaufhaltsam zu zerreißen drohen. Wird die sinnliche Liebe zwischen Polly und Ian den Weg zu einer gemeinsamen Zukunft ebnen?

Bist du bereit für eine aufregende Fortsetzung, die dein Verlangen nach Verbotenem und die Sehnsucht nach Liebe in all ihren Facetten wecken wird? Dann tauche ein in die

Welt von Rosen und Gin und erlebe eine heiße Geschichte, die deine Sinne entfachen wird.

Fortsetzung der Trilogie
Genre: Dark-Romanze
ISBN   Softcover:978-3-384-03128-0   ISBN   Hardcover: 978-3-384-03129-7 ISBN E-Book: 978-3-384-17994-4

The Black Rose – Liebe - Teil 3

© 2024 Heike Gehlhaar

Klappentext:

Du hast ihn verloren … Dein Verstand jubiliert … Dein Herz blutet …

Seit dem Weihnachtsfest steht Pollys Welt Kopf. Obwohl Aiden Tayler nur ihr Stiefbruder ist, nutzt sie die Situation, um sich von ihm zu entfernen. Ihr Herz gehört Ian, doch er lebt in Mexiko in den Armen einer anderen. Polly plant, Schottland zu verlassen und in Wien ein neues Leben zu beginnen.

Als Isobel nach Mexiko beordert wird, um Ian aus riesigen Schwierigkeiten zu retten, überschlagen sich die Ereignisse. Ahnungslos gerät sie in die Falle des korrupten Castello-Clans, und das Ende der siebenhundert Jahre alten MacGill-Dynastie scheint besiegelt.

Es liegt in Pollys Händen, das Schicksal zu wenden. Wird sie die richtige Entscheidung treffen?

Bist du bereit für ein Finale, das dich an deine Grenzen führen wird?

'The Black Rose - Liebe' - heißer und dramatischer als je zuvor. Erlebe ein fesselndes Ende, das alle Erwartungen sprengt. Für Frauen zwischen zwanzig und fünfzig Jahren, die das Verlangen nach Verbotenem und die Sehnsucht nach Liebe in all ihren Facetten kennen.

Erscheint im Herbst 2024

ISBN Softcover:978-3-384-03128-0 ISBN Hardcover: 978-3-384-03129-7 ISBN E-Book: 978-3-384-17994-4

Florentina - Liebe fragt nicht © 2022 Heike Gehlhaar

Die zauberhafteste Liebesgeschichte seit es Romanzen gibt.
Diese wunderschöne Rezitation ist aussagekräftiger als jeder Klappentext:

Bist du bereit für eine atemberaubende Reise in die Welt verbotener Leidenschaft? In 'Florentina - Liebe fragt nicht' entfaltet sich eine leidenschaftliche Romanze, die die Grenzen zwischen Liebe, Verlangen und der dunklen Seite der High Society Bostons aufreißt.

Die Geschichte nimmt ihren Anfang an der Seite des renommierten Starchirurgen Leander Carwell und seiner jungen Frau Florentina. In der Welt der High Society, wo Luxus und Privilegien regieren, fühlt sich Florentina so verloren wie ein Schiff in einem Sturm. Die introvertierte und emotionslose Natur ihres Mannes lässt sie nach echter Leidenschaft dürsten, und genau diese Sehnsucht führt sie auf einen gefährlichen Weg.

Während einer glamourösen Gala, auf der Florentina als schmückende Ehefrau erscheinen muss, begegnet sie dem geheimnisvollen Ukrainer Wassyl Gurow. In nur wenigen Augenblicken verliert sie sich in seinem erotischen Charme und findet sich in einem Strudel der Begierde gefangen. Obwohl ihr Verstand protestiert, wird ihr Verlangen nur noch intensiver. Der hungrige Blick, der kühl und anzüglich über ihren Körper wandert, und die Spuren seiner Berührung auf ihrer Haut hinterlassen einen bleibenden Eindruck.

Doch plötzlich wird Leander tot aus dem Fluss geborgen. Ein düsterer Verdacht liegt in der Luft. Waren seine Geschäfte mit den mächtigen Gurow-Brüdern verantwortlich für sein tragisches Schicksal? Florentina steht vor einer zerreißenden Entscheidung, während die Schatten der Vergangenheit und die gnadenlosen Gesetze des Familien-Clans über ihr schweben.

'Florentina - Liebe fragt nicht' ist eine fesselnde Romanze, die dich von der ersten Seite an packen wird. Heike Gehlhaar entführt dich in die Welt der High Society und der verbotenen Leidenschaft, wo die Grenzen zwischen Richtig und Falsch verschwimmen.

Die Protagonisten werden dich auf eine emotionale Achterbahnfahrt mitnehmen, bei der Liebe und Verlangen auf eine harte Probe gestellt werden.

Bist du mutig genug, dich in die Welt von Florentina und Wassyl zu stürzen und das Geheimnis hinter Leanders Tod zu lüften? Tauche ein in diese atemberaubende Geschichte, die beweist, dass die Liebe keine Fragen stellt – sie fordert uns heraus, alles zu riskieren.

'Florentina - Liebe fragt nicht' - Überall erhältlich, wo es Bücher gibt. Lass dich von der Liebe ohne Tabus verführen!

ISBN Softcover: 978-3-347-69002-8 ISBN Hardcover: 978-3-347-69003-5 ISBN E-Book: 978-3-347-69004-2